張西

叶有慧

张西 著

中国友谊出版公司

本书献给我亲爱的三个妹妹。

有些伤口难以愈合，

是因为里面有爱。

推　荐

认识张西是在《二常公园》时，拿起书本一读便再也没有放下。那时候在文字里被一团亲切的浓雾包裹住，那种亲切并不是和蔼的邻家姐姐对你露出笑容，而是住在你内心的那个被称为内在小孩的悲伤和脆弱有了接应，细细地被光渗透。

后来我开始追踪了张西的Instagram（照片墙），即使没有见过面，也深深地喜欢这个写下所有感觉的女孩。后来，她成了西西。西西的文字里记录着她生命的所有，那些细腻的能量在文字之中渗入观看的我们，有时候是被洗净的舒畅，有时候是被深刻理解的温柔，有时候那些文字会刚好触碰到我内心的困惑，我试着鼓起勇气发消息给她。明明不是太过熟识，可是她总是认真地思量回复，那些问题仿佛成了她的贵客，被重视款待着。

有慧也是这样的。细腻地去感受每个时刻，安安静静藏在话语里的悸动，是那样的感知带她来到生命的此刻，也是那样的感知将带她前往下一刻，有一天，那样的感知，会带她认出爱的模样，她不再渺小，她得以被自己好好收藏。

在读《叶有慧》的时候能够很深刻地阅读到那些真实，一方面觉得心疼，一方面觉得快乐。能在一件事里坦承自己的心意，便能生出勇气，西西能在文字里真诚地接住自己，真是太好了。因为我们也在遇见那份真诚的时候，想要诚实做自己。

写出了这么多温柔，谢谢西西。

演员　姚爱寗

张西常常让我想起曾见过的矿石。虽名为矿石，但其实质地各异，罕若钻石坚硬，有些矿石更是用指甲小刀就能摧毁的脆弱。她让我觉得是这样子的人。从外观察就是那样好像应该坚强的存在，你反而更好奇她的脆弱与追寻，甚至想从她的文字里，找到能够毁灭这样子灵魂的切入点。毕竟摧毁她也等于摧毁相似的自己，现代生活不就在日日考验自己的能耐吗？我们都是自虐的。

另一个我觉得我跟张西文字有共感的地方，是音乐。她的文字深受当代流行音乐影响，于是又轻盈、又沉重、又淡然、又深邃。常常看她文字的时候有种似曾相识的感受，就像是自己在歌词创作时的铺排，那铺排充满自主性，完成时回头再望，却是满满的宿命感。

作词人　葛大为

叶有慧如同仍在决定活什么样子的我们，以为从未失去或是从未发生，就没有需要修正的部分，走着走着将自己走成了迷宫，但世上所谓的永远，指的原来不是未来，而是过去，而我们能决定后续的永远。

她告诉我：“要记得这辈子能够陪自己走最远的人，是自己。”

演员　温贞菱

目　录

01

奶油与邀请卡

你觉得

我要去参加我爸的婚礼吗？

初夏的周末早晨，浸满全身的黏腻感让叶有慧拧着身子睁开双眼，眼前是有着大片扇形转盘的吊灯和长满壁癌的天花板，吊灯上的扇片转呀转，上面的灰尘模糊不清，倒是壁癌的纹路很清楚。壁癌让叶有慧很有安全感，双手够不到，像发霉的内心，不去清理也不会有人舍得埋怨自己，毕竟她不是造成壁癌的原因，她是壁癌本身。

叶有慧裸着身子从床上爬起来，随手套了一件黑色贴身背心，她的步伐很自我，没有跨过满地的衣物，仿佛生活的路径里就算堆满错误仍可以一脚踩上去，反正踩上去就有路，包括床上另一个裸身男子昨晚脱去的花衬衫和内裤。除了凌乱的衣服、杂物以外，旧式的流理台上也有许多未洗的餐具以及用过的免洗餐具，气温在这几天转热，让剩余的汤汁和菜渣产生出明显的异味。叶有慧打开冰箱，里面是一包一包过期的食物，她从冰箱的侧边拿起一袋看起来还尚为新鲜的吐司和几乎见底的果酱罐，然后将吐司边剥除，放进从未清洁过的吐司机，吐司机是噜噜米的图样，能够将吐司烤出噜噜米的脸。叶有慧站在流理台旁，把跳出的吐司放在花色的瓷盘里，在等待的时间，她打开手机，传了一则短信出去。忽然叶有慧像是想到什么，果酱罐随意地往一张红色的信封压上去，她再次打开冰箱，自冰箱侧门的最下方拎出一包塑料袋，里面有一些盒装的小份量奶油，小盒子上是她看不懂的英文。

叶有慧将吐司和奶油一起放在盘子上，踩着杂物走回拥挤的单人床旁，依照原路或是不同的路，无所谓，凌乱的人生怎么会有清楚的路，若是刻意整理反而会整理到伤心的原因。伤心的原因有眼睛，如果不是用上周没有洗的衣服掩盖着，怕是和它对视的叶有慧会先流下眼泪。叶有慧站在床边无声地吸了一口气，然后对裸身的男子说道："起来吧，早餐吃完你就可以走了。"像是在看一只廉价的吴郭鱼。白天的魔力就是能够轻而易举地将夜晚的迷媚吞噬。男子翻过身，睡眼惺忪地看着叶有慧："噢，你生气好性感。""我没有生气，"叶有慧面无表情，"初次接触，没有感情怎么会生气。"她将盘子放在床边："奶油是在大饭店的自助餐里偷拿的，是我冰箱里最贵的东西，我请客。"接着她伸手掀起男子身上仅剩的半条被子："快起来。""你冷漠也好性感。"男子又说了一句，想延长昨晚的欢愉。"谢谢。你吃完就走吧，不吃就直接离开。"叶有慧淡淡地说，然后转身自顾自地打开只有半扇门的衣柜，另一扇门在她搬进来以前就不见了。她身上有许多东西都是早早就不见了的，有一种跟这个衣柜惺惺相惜的感觉，很温馨，所以不用换，她签约时曾这么跟房东太太说，您不需要特别帮我换一个新的衣柜，语调里带着她看似与生俱来的礼貌，毕竟她也不是新的。礼貌只是维持新旧平衡的距离。整个房子里唯一的新东西是衣柜那半扇门后面，挂着好几件昂贵的未剪牌新衣，已经跟着叶有慧好几年，一直都没有穿，放着放着也有了变旧的感觉。

男子站起身，有意识地没有让盘子跌落。男子想从叶有慧身后环抱住她，身材娇小的叶有慧敏捷地闪过："你是要直接走吗？"

"没，"男子只好作势伸了懒腰，坐回床沿看着瓷盘里的吐司，"噜噜米的脸好可爱。"有着胡茬的脸露出带点傻气的笑容。不过叶有慧没有回头看。"但你干吗剥掉吐司边啊？"男子问。

"健康。"叶有慧一边说一边侧身翻找想穿的裤子。

"你会在意健康喔？"男子咬了一口吐司，然后把奶油打开，用食指抹在剩下的吐司上，说话的时候还有嚼吐司的声音。

"有些东西也不是在意了就会有，就是想尽力而已。"叶有慧穿上紧身牛仔裤,有意地显露出她好看的比例,"没有健康的关系,至少有健康的身体,可能还可以安慰一下自己,就只是想尽这种力。"边说她边耸了耸肩,同时检视着衣柜旁全身镜里的自己。

"我还能见到你吗?"男子大口地将剩下的吐司吃完,也站起身穿起自己的花色衬衫。他并不知道这已经被叶有慧来回踩过。

"不值得再见一次。"叶有慧穿上有些发皱的白色短衬衫当作小外套,接着转过身问男子,"吃好了吗?"大概只是礼貌地询问,她拿起空了的盘子,往流理台走去。男子跟上来,一边小心翼翼不要踩到地上的杂物:"我会让你知道我值得的。"

"是我不值得。"叶有慧将盘子放到水槽里,一手扶在流理台边上,一手扶着自己纤细的腰,眼神认真地看向男子,这让男子有点发慌,原本想要继续往前的步伐停了下来。男子不知所措地搔搔头,和叶有慧对视的眼眸也慢慢飘移，落在他刚刚避开的杂物上，这时候他才发现这个房子里几乎没有一条可以稳稳当当走的路，昨晚高涨的情欲像烟一样飘进屋内，风一吹就散。

"看到了吗，根本没有路让你走过来。"叶有慧直直盯着男子，不疾不徐地说。

"我可以帮你清理啊。"男子又说。

"有些地方你清不到，我也不想清。"叶有慧的语调顺畅，仿佛这已经不算是她的决定，而是她的生活观。怎么会有人愿意提着细细的心来到自己身边呢，大家都是囫囵地来，囫囵地离开。

男子被直视得无所适从，知道再说下去也是难堪，便迅速找到自己的皮夹，往门口走去，门口外面堆满垃圾，男子提起脚跨过去，在叶有慧眼里那是和自己根本上的不同。叶有慧盯着男子的背影，直到他关上门，她顺势看向大门旁小小的窗户，玻璃上是旧式的窗花图样，外面是亮晃晃的天空，她盯了好一会儿，然后她听见一楼铁门打开、关上的声音。又是一个陌生人的离开，又是一个夏天的到来。高中三年级毕业后，今年是离家第六年。叶有慧将目光移回水槽里的花色瓷盘。

"Shit！"她喊了一声，走到大门旁的窗台，用力打开窗户，朝着一楼的人影喊道："你奶油没吃完啦！"男子惊恐地回头，快步离开。他后脚跟还踩着鞋沿，没有心思把鞋子穿好。

叶有慧回到小厨房，伸手拿起那一小盒奶油，用右手小拇指将奶油挖干净，接着放进自己的嘴里用力吸吮，像个不愿意错失任何一点点高贵事物的孩子——如果能够把这些高贵的东西吃进肚子里，也许有一天我也会长出高贵的血液、高贵的肉，我也会拥有高贵的身份。

被拿出来的果酱罐还放在流理台上，就在叶有慧的腰际旁边，离她那么近的地方，她看都没有再看一眼，包括压在果酱罐底下那张红色信封。里面是一张婚礼邀请卡，新娘的名字写着"范晓萍"，叶有慧完全不认识这个人，新郎的名字写着"叶智荣"，是她的父亲。这是她昨晚半夜下楼买水时，在信箱里发现的信，就算刚刚其实是刻意将它压在果酱罐下，仍然让今天早上的她无心调情。她甚至没有注意到信封上并没有邮戳。

叶有慧看着自己刚刚传出去的消息：

你觉得我要去参加我爸的婚礼吗？

她想删掉，但是已经来不及。

02

敲门　的
原来
是雨声

长大的感觉，

有一点闷闷痛痛的。

　　人们第一次兴起"我是谁"的念头，是在什么时候呢？

　　许多书籍中都写到，"家"是人类出生后碰到的第一个、也是最小的社会单位，小小的婴孩会从中认知到自己是谁。那么如果给予自己的是几个劣质的定义，这些定义在往后的人生中是否就难以变革了。叶有慧趴在破皮的咖啡色小沙发上，贴着破掉合成皮的大腿有刺刺的感觉，脑袋和她的居家空间一样一团混乱。

　　从叶有慧有记忆以来，她就没有见过亲生父亲与母亲，当然，一开始她以为跟她一起生活的"爸爸"和"妈妈"就是她的生父生母。小学四年级的某一天晚上，她因为肚子饿而想去家里的冰箱里找点东西吃，却听到小阳台传来说话的声音，好奇心驱使她悄悄地走过去，她发现是爸爸妈妈在说话。爸爸说："是时候让她知道了，叶家的人都来过好几次了。"妈妈说："再等几年吧，我也还怀不上。"爸爸说："我们应该要更积极有自己的孩子。"妈妈又说:"等她再长大一点吧,你没听人家讲,不会有好的人愿意去爱这种家庭不健全的孩子,我们怎么可以让小慧变成别人口中的这种孩子。"爸爸推了推鼻梁上的眼镜,像是想要说什么的样子,但最后只是安静地看着妈妈,妈妈则是看着天上的月亮。好像月亮上住着谁一样。

小慧,小慧。叶有慧站在墙边,听见了自己的名字,是爸爸妈妈对她最亲昵的称呼。小慧,小慧。小慧是哪种孩子?什么是家庭不健全?叶有慧压根忘记自己饿着的肚子,她恍惚地走回房间,觉得有可能是自己听错了,因为爸爸也姓叶,她一直都是叶家的人啊。欲言又止是带有分量的瞬间,没说的话,会在心里任由想象和观察织出一张哀伤的网。从那一天起,叶有慧开始观察爸爸妈妈,甚至在爸爸妈妈告诉她,我们准备要一起迎接一个新的宝宝的时候,她发现他们的眼睛里有她不曾看过的眼神。

敏感是好奇与恐惧共同豢养的小兽，越多的未知和不安，能够捕捉的细节也就越多。例如某一次母亲带回几袋昂贵的衣服，叶有慧才意识到，这并不是第一次，这些衣服会被装在陌生、工整的漂亮纸袋里，不像母亲平常在夜市或连锁品牌出清时买的衣服。为什么妈妈会去买这些衣服呢，而且都只有叶有慧的。叶有慧很困惑，这样的衣服大约一年出现一两次。未解的念头往往碍于未能开的口，小小的叶有慧知道，只要她不去追问，这个家就会保持原样，爸爸还是爸爸，妈妈还是妈妈。哀伤的网还不会困住任何人。

一年后，妈妈小产。三年后，妈妈第二次小产。又再三年后，叶有慧升上高中二年级，那是一个刚重新分班的闷热夏天，她在球场上和新同学打着排球，扎着凌乱的马尾，运动服湿了一半，突然妈妈出现在球场边，身上是普通的黑色牛仔裤，和薄荷绿的遮阳外套，外套里面是发皱的白色棉质 T 恤，脚上则是叶有慧不要的旧布鞋。这是妈妈平日里习惯的朴素打扮，叶有慧一眼就认出来。

"叶有慧，很爽欸，这种大热天，你阿姨来接你回家。"一个男同学走过来，用手肘轻撞了一下叶有慧的手肘。叶有慧在太阳下看着远处的妈妈，女人正朝她招手，要她走过去。

"那不是她妈哦？"另一个女同学随口问道。

"不是吧，我刚刚上厕所听到她阿姨在跟班主任讲话啊，她说'我是有慧的阿姨'，她自己都说是阿姨欸。"

叶有慧没有响应同学们的耳语，她站在阳光下，汗珠在她的额头上排列成脆弱的队伍，风轻轻一吹就会像眼泪一样滑下脸庞。女人再次招了招手，叶有慧看向那件已经从正黑色洗到变深灰色的牛仔裤，再望回自己脚上那双女人上周带她去买的新的运动鞋，她终于提起脚步，而那一步之后，她再也没有喊过这个女人"妈妈"。

那天下午，这个女人带叶有慧去一家卖手工冰激凌的咖啡店，这是只有女人生日才会来的地方，女人喜欢吃这家咖啡店的香草冰激凌。叶有慧知道女人有话想要告诉她，但是无论她如何若无其事地吃着巧克力饼干口味的冰激凌，还是时不时看向女人瓷碗里的米白色香草冰激凌，女人都没有说话，只是亲昵地看着她。不过从离开球场开始，叶有慧都没有和她对视，她怕一看向对方的眼睛，会觉得这个女人是完全陌生的。女人的异常让叶有慧忍不住想问：所以，你是我的阿姨还是我的妈妈？但她只是这么问："我们还要去哪里吗？"

"嗯，去走走。"女人点点头，嘴角扬着笑容。叶有慧安静地跟着女人，银灰色轿车开上高速公路，约莫一个小时后，叶有慧看见高速公路绿底白字的告示牌上写着"台北"。为什么要去台北呢？叶有慧伸手调整了一下副驾驶座的安全带，让自己能够深呼吸。台北是她从小就几乎不会去的地方，以往被她称作爸爸的男人似乎不喜欢台北。

"不要告诉爸爸哦。"女人温柔地看着前方。车子并没有往市中心开去，反而开到了相对偏远的郊区，在一个小小的蛋糕店前停下。又要吃甜食吗？叶有慧心里困惑着。女人没有将车子熄火，她打开车门，走下车买了一个颜色特别的干酪蛋糕，上面有蓝色的纹路。"不急着吃，但是晚点你一定要尝尝看。"女人叮嘱般地告诉叶有慧，她甚至说了奇怪的话，"这里经常下雨，所以东西容易发霉，什么都不好保存，有时候想起住在这里的人，就会觉得心疼。"口吻像是在对着住在月亮上的人说话，她露出和那一晚看着月亮时一样的眼神。叶有慧始终很安静，她发现女人一直都站在那个离她并不远，但是她不敢再往前多走一步的小阳台里。她感觉得到，好奇心所驱动的步伐，会将那些看不见但珍贵的事物踩碎。秘密是玻璃绳，谁要攀爬它，谁就会弄破双手，它通往的地方若不是血地，也多为暗处。于是叶有慧也像那一晚一样，试图静静地转身，回到自己的房间。

女人将轿车停在巷子里的小型户外停车场，接着让叶有慧自己随意地去逛逛，叶有慧往哪儿走，女人眼里都有一股矛盾的笑意。偶尔，女人会主动地说："这间杂货店开很久了，现在都没什么人，因为大家都习惯去便利商店，又亮又有冷气，东西虽然稍微贵了一点，但是像一个魔法铺，还能缴费。"听起来像是在说她自己曾经生活过的地方。"可是有些人还是会来这里买十元的棒棒冰，以前是一元，整个世界都变了好多。"

整个街区不算特别热闹，因为是八月的关系，有许多住户门前坐着身穿汗衫的老人，有些围在一起聊天，有些独自扇着竹扇，有些倚坐在轮椅上，一旁坐着面生的外籍看护。其实就和叶有慧现在住的地方差不多，这并不同于她对台北的印象，她以为台北是一个速度快、很年轻的城市。"没想到，这里跟我们家那里的巷子有点像。"叶有慧说。虽然她不确定还适不适合用"我们家"这三个字。她的心里事实逐渐从外部事实中脱落，如果要维护外部事实与其所组成、架撑的关系，就得独自承受这之间的落差。叶有慧不想再继续漫无目的地闲逛，忍不住问："我们要回去了吗？"女人怎么会为了一块淡蓝色的干酪蛋糕、一个平凡无奇的街区让她请半天假，噢，还有那两碗不便宜的冰激凌。

"好。"女人点点头，笑容没有淡去，包裹着的仿佛是一个柔软的目的，但是在叶有慧看来，一切都令人不耐。

在把这件事告诉丈夫以前，女人想先告诉小慧。

小慧是她妹妹的女儿，妹妹十九岁时怀孕，生下小慧。那时候女人二十三岁，五专毕业几年，已经有一份稳定的工作和稳定的伴侣。小慧出生那一年，女人刚好加薪，接到医院的电话后，她请了下午最后两个小时的假，赶在邮局关门前去领钱。母亲和父亲并不认同妹妹的决定。女人买了一些补品和水果，双手手指因为提着重物时而泛红时而泛白，要给妹妹的东西似乎怎样都不够。妹妹在一间小医院生产，她走进医院时先踩上久未汰换的门垫，向柜台询问了妹妹的病房后，便匆匆前往。

"姐……"妹妹一看见她就哭了出来。

"孩子一定会像你的，都说长女会像妈妈。"女人轻轻拍着妹妹的肩膀，试图让她不要想起那个令她伤心的情人和父母亲的否定。可惜妹妹并未见到她的孩子到底像谁，几天后，妹妹因为伤口未处理恰当，出现感染及并发症而休克死亡。女人从医生手中接过孩子，双手轻轻地抱着，就这样抱了十六年。

女人结婚时丈夫曾说："最多三年，我们要有自己的孩子，我们要找到孩子的父亲。"不过，感情如何以期限去结束。小慧三岁时，丈夫再次说了："我们的孩子更重要，等她上小学，她上小学后我们一定要告诉她。"在通信不完全发达的年代，叶家人终于在小慧上小学前找上门来，但是女人已经有了舍不得。眼看着小慧的小学都快过完了，女人数着自己这些年来，一次流产、两次流产，直至今天下午，已经是第三次，医生告诉她："李小姐，你怀孕的概率目前是越来越低的。如果有任何其他的需要，都可以再联系我们。"该怎么告诉丈夫呢？女人在恍惚之间看见，小慧也许就是她这一辈子唯一的女儿。在悲痛中她有了私心——如果我不能选择我的孩子，我仍想要选择成为一个母亲。

丈夫下班以前，她先带小慧去吃自己最喜欢的冰激凌，那是小时候还没有的冰激凌店。有人说伤心时要吃甜食，所以那也是妹妹走后她吃到的第一口食物。
女人接着带小慧去生父生活的地方，买她的妹妹——
也就是小慧生母喜欢吃的蓝纹干酪蛋糕，在这里她能
看见妹妹和情人手牵手的模样。那是很多年以前，妹
妹义无反顾地说着要去台北生活、要生下小慧，妹妹
说离家也无所谓的时候，女人总是瞒着父亲和母亲偷
偷搭客运来看妹妹的周末。看着小慧娇小的背影，女
人仿佛能听见妹妹的声音："姐，你觉得小慧会喜欢蓝
纹干酪的味道吗？智荣就不喜欢，希望小慧像我。虽
然蓝纹干酪是一种发霉的东西，跟这里的生活很像，
但还是能够好好享受的吧。"其实女人也不喜欢蓝纹干
酪的味道，但她希望小慧在这里多停留一会儿。她记
得妹妹曾一边嚼着巷口这家小甜点店的蓝纹干酪蛋糕，
一边喃喃地说："希望小慧成为这样的人。"很久以后
的小慧确实成了这样的人——与霉菌共生，却不知道
自己是干酪还是霉菌。

　　女人的心里忐忑又矛盾，在她刻意地对着第一次见面的陌生人，小慧的班主任，说出"我是有慧的阿姨"时，她就决定了这一天的行程。先诚实地向一个无关紧要的人说出真话，再暗自希望，小慧能够告诉她："比起蓝纹干酪蛋糕，我更喜欢手工冰激凌。"有一样的喜好，看起来就像是自己的亲生女儿。

　　回程时女人让小慧在停车场出口等她，她不想要小慧在大热天走那么多路，小慧换上的制服背后已有了几片汗渍，里面的浅色内衣是她带小慧去买的。那天小慧宁可让内衣店的姐姐看到自己的胸部，也不愿意让女人进去小小的试衣间。小慧第一次的生理期是小学六年级某天早上，她在厕所里待了快要半个小时，直盯着内裤上的血渍不知所措，女人敲了敲门询问："怎么了？"小慧才支支吾吾地说自己的生理期来了。女人扬起高兴的语调："很好呀，恭喜你长大了。"

"这是好的事吗？"小慧高兴不起来，隔着一扇厕所门，小声地说，"我四年级的时候，班主任有一次请保健室阿姨来教我们用卫生棉，老师请全部的男同学都出去，还把窗帘拉上……""这绝对是好事。"女人站在厕所外面笑着说道，"这是身体定期帮你排毒啊。"接着她告诉小慧，今天可以不用去上学。那天下午她们在家里看电影、拼拼图，还有写信给二十岁的自己。

"妈，你也要写给二十岁的自己吗？可是你已经超过二十岁很久了欸。"小慧笑着问。女人没有答话，只是笑着埋头写信。"写完要交换吗？"女人问。"不要。"小慧说，一手摸着自己的腹部，一手继续用铅笔在白纸上写着："长大的感觉，有一点闷闷痛痛的。"女人侧头偷看，有一句写着："但是妈妈说这是一件好事，就应该是一件好事吧。"女人坐在驾驶座，看着站在停车场入口的小慧。她想上前去，用双手轻轻地拥抱住她，她想告诉小慧——宝贝呀，妈妈这辈子可能都没有办法生下自己的孩子了，所以你永远会是我的女儿。但是那天女人只是从车厢里找到一小沓便利贴，撕下一张，在上面写了几个字，对折再对折，放进叶有慧的铅笔盒里。

　　叶有慧决定搬离这对夫妻，是在十八岁考完大学的那个暑假，她收到一则陌生的短信，那个人称自己是智芬姑姑，说是生父的亲姐姐，想见她一面。

　　她迫切地想见这个人，这让所有在暗处的连结终于有了终点，同时她又抗拒，有一部分的自己似乎更希望从未收到这则消息。篱笆外的野径到底通往哪里？陌生的敲叩既礼貌又未知。是路途太遥远了吗，为什么那么晚才来？即使困惑淹没了叶有慧，她仍选择赴约。

　　智芬姑姑问叶有慧想吃什么，可以任意选择类型，日式、法式、意式、港式或中式料理，都行。叶有慧想吃意大利面，于是在短信中简短地回复"意式"。智芬姑姑发给她一个地址，是台北市区一个大饭店较高楼层的餐厅。她穿着修身的深蓝色牛仔裤和短袖有领的白色 POLO 衫，脚上是女人为她新买的 C 牌帆布鞋，她前阵子提到同学们最近都流行穿这个牌子的鞋子，女人就说："要跟智芬姑姑吃饭，我们也去挑一双吧。"虽然她很久没有喊女人妈妈了。

智芬姑姑穿得优雅低调，浅杏色的贴身连身洋装，和一件黑色针织小外套，身材保养得宜，除了上周才去烫过的头发卷度有点生硬之外，整体看起来没有什么侵略性。叶有慧在心里忍不住用"高级"来形容她，她的耳朵上甚至有好看的不规则耳环，很明显跟和自己一起长大的女人并不一样。智芬姑姑和她约在饭店一楼大厅，从远处走过来时一脸笑意，她的第一句话是："你跟姐姐一样大，身高也差不多。"叶有慧有点尴尬，她听不懂，智芬姑姑马上接着说："我的大女儿，我都喊她姐姐，因为还有一个女儿。"脸上的笑容很真诚，"你跟我大女儿同一年生，如果真的要说，应该算是你的表姐，大你几个月而已，叫海心。"连女儿的名字都有一种高级的感觉，叶有慧忽然觉得脚上全新的 C 牌帆布鞋比那个名字还要俗气。

这是她第一次见到另外一个叶家的人，但智芬姑姑没有说太多关于那个叶家的事，倒是问了她很多对于未来的想法，像是想填什么校系、想去哪里念书、有没有想过以后要做什么工作、有没有对什么特别有兴趣。"海心去年暑假去了一趟在加拿大的夏令营，回来之后跟我说她觉得自己的英文不够好，想要再加强，所以她现在每周都会去上英文课，有慧你想要上英文课吗？如果想要的话，都可以跟姑姑说。"智芬姑姑说话的模样很迷幻，叶有慧听得很疏离，因为她喊自己有慧而不是小慧。加拿大是那个路很大、很多枫叶的国家吗？英文是学校运动会时同学在班上放了几乎一整天的西城男孩吧，或是那个夜市买的 T 恤上面会印制的"SUPER"、那个洗完会粘在一起、洗太多次会剥落的语言。也是那个选择念职校餐饮科的她，高一下学期之后就没再打开过的其中一本课本里的东西。

"谢谢，没关系。"叶有慧礼貌地说，"我只听过西城男孩的歌。""啊，你喜欢 Westlife 吗？"智芬姑姑问。叶有慧犹豫了一下，然后点点头。毕竟她不是真的喜欢。只是想起曾经有人说过类似那种，如果听得懂西城男孩感觉就比较厉害的话。"你可以直接叫我智芬姑姑。"智芬姑姑露出笑容，但叶有慧当作是客套，于是也礼貌地露出笑容。从此她学会用礼貌保持距离。

接着智芬姑姑喝了一口红酒："你成年了，要不要试试，红酒配干酪。"然后对她露出温婉的笑容，"再来点腌橄榄好了，就是刚刚的那个开胃小点，你还要吗？"叶有慧摇摇头，接着轻轻地啜了一口红酒，实在不好喝，她从干酪盘上挑选了一块淡黄色的干酪，干酪盘是精致的扁平木盘，上面有各种口味的干酪，从深黄色、鹅黄色到淡黄色，还有蓝纹干酪和一些核果。她不喜欢蓝纹干酪，虽然她只吃过一次，她觉得那是发霉的东西。她害怕那是自己的味道。

离开的时候智芬姑姑说可以载她，但是叶有慧婉拒了，她想一个人去晃晃。"没关系，那你回家小心。今天很高兴看到你，有机会我们一起跟智荣吃个饭。"智芬姑姑的笑容还是那样优雅，叶有慧试着和她露出一样的笑容："好，我今天也很高兴，谢谢智芬姑姑。"她感觉到自己的眼睛混浊，不是因为眼泪，她没有任何想哭的感觉，而是真心，叶有慧发现自己在这个女人面前没有真心。因为她不确定该不该拿出真心认识这个人，因为她生气，为什么那个叫叶智荣的人不自己来找她呢。还有，她没有吃到意大利面，谁晓得这种意式餐厅的意式料理竟然不是意大利面。

叶有慧回到家时恰巧没有人在家，她打开小小的衣柜，在某一件没穿过的新衣服的口袋中掏出一张粘贴处已经沾满灰尘的便利贴，一年多前妈妈偷偷放进她的铅笔盒，它和那些昂贵的衣服是同一类的东西。她换上已经被当作居家服的中学班服，穿上变形的她不要的那双旧布鞋，然后出门，走去巷口的平价餐厅，点了奶油鲑鱼口味的意大利面，心才渐渐感到放松自在。

生下你的人是我的妹妹李美如，你的爸爸叫作叶智荣。

叶有慧摊开便利贴，这几乎是现在的她最靠近"我是谁"的一行字，因为那天之后，没有人再提过这件事。

每个人都假装告知等于解决。

叶有慧没有意识到自己边吃边哭，只发现喉咙变得很难吞咽，可能是她吃得太大口了，也可能是她太害怕。无法明说的爱有时候会乔装成伤害的模样，让迎面而来的人哭红双眼，谁若有了清朗的质地能够辨认，谁便从此为它所困。我是谁、我是谁呢？当她想要打开被敲叩的门，认真地这么问时，才发现门外没有人，敲门的原来是雨声。原来她只拥有雨的关心。

　　可是她害怕的从来不是一场异常大雨。

　　而是怕从此，一生都是雨季。

03

千 层

就算是不舒服的选择，

也是我的选择。

　　玩躲避球的时候女孩被绊倒了，一只鞋子被踩住而脱离自己的脚，另一只的鞋沿磨破了皮。这是她最喜欢的一双鞋。女孩冷静地站起身，走上前去把鞋子穿好，没有眼泪，也没有说话。

　　她一个人走到校门口，男人站在小轿车旁边等她。她快步走上前，没有牵上男人大大的手掌。

　　只要载着女儿，男人的车速就会比平常慢。男人把女儿接回家，女儿在玄关将鞋子脱去，鞋头朝外放进鞋柜。男子跟在后面，没有注意女儿的鞋子。女人听见脚步声，走向门口，上前牵起女儿的手，女儿没有施力回握，只是任由女人牵着。她把女儿带到餐桌边，才松开女儿的手，替女儿卸下书包。

　　晚餐后女儿在房间里写作业，男人在客厅看电视。女人问男人今天的车况，男人含糊回答，接着她问女儿回家的路上有没有特别说什么，男人摇头，于是她又问男人，想要送女儿什么生日礼物，男人没有说话。

女人拎着抹布和清洁剂走到玄关，拿出女儿的鞋子，试图将鞋子上面的脏污擦拭干净，但是没有办法。破损的地方擦不掉。

隔天，女人一如往常在女儿睡醒前轻轻亲吻女儿的额头，女儿揉揉眼睛。女人问女儿想要什么生日礼物，女儿摇摇头。她们一起站在餐桌边，女儿将两碗稀饭中的其中一碗推到女人面前，拉着女人坐下，然后走进浴室，拿起粉红色的矮了一截的小支牙刷，挤上草莓口味的牙膏。男人从厨房走出来，女人问男人要不要给女儿买双新鞋，男人摇摇头说："没必要吧，她的布鞋才刚买没多久。"

女人将荷包蛋放进男人碗里，顺势给了男人一千元。

"给小慧买双鞋吧。"女人说。

小慧都听到了。

她从浴室走出来的时候嘴巴里还有草莓牙膏的

味道。

女人接到电话的时候正在上班，电话那头是陌生男子的声音，口吻严肃。她立刻起身跟组长请了假："我女儿出了一点事。"家里只有一辆车，因为先生出差，今天早上她是搭公交车上班。她先用公司电脑查询目的地的确切位置，出了公司之后拦下一辆出租车。女人几乎不搭出租车，那太贵了。

出租车开过一个小学校园，在前面的转角停下，转角有一间便利商店。女人快步下车，走进便利商店前已经先看见柜台旁边站着的娇小背影，背着粉红色卡通图案的书包，书包的背带上已经有许多污渍。自动门打开时，广播传来任贤齐的《对面的女孩看过来》，是这学期运动会班上挑选的表演曲目，女孩总是听到就跟着摇摆，此刻娇小的身影却低着头动也不动。

"请问你是这个小朋友的家长吗？"店长是一个身

形圆润的男子，理着平头，脸上有明显的胡茬。女人一走上前，店长就开口，她点点头。冬至刚过，便利商店里相对温暖，但女人无暇感受。

"我是这家店的店长。"店长露出终于可以问责的表情，"她偷了我们的原子笔，虽然现在还我们了，但是监视器都拍到了，可能需要麻烦你协助处理。"店长看上去也不是第一次遇到这种事，没有太生气，也没有给这种状况里的家长太好看的脸色，像是在责备，孩子还小的时候都是家教问题，长大后就会变成社会问题。

女人礼貌地说："好的。"接着低头看了女儿一眼，女儿并没有抬起头看她。"可以先让我和我女儿单独谈谈吗？"她说，"我们就在外面而已。"然后举起一只手指向门口的铁质长椅，另一只手同时去牵起女孩的小手。店长有些愣住，似乎有点意外，不过很快也点了点头。

女孩的小手非常冰冷，一走出店面，女人从包包里拿出一个新的暖宝宝，在手里搓了搓，确定生热才将暖宝宝递给女孩。女孩接过暖宝宝，但没有任何动作，手指像莲花一样散在她的大腿上，暖宝宝在小小的手心静止着。她始终没有抬头看向女人。

"可不可以不要跟爸爸说。"这是女孩的第一句话。女孩跟丈夫一直都不太亲近。

"好。"女人说，"但是，你也要答应我一件事。"女孩听完后眼神慢慢变得暗淡。"我希望你诚实。"女人语气没有起伏地看着女孩，女孩的目光仍停留在手上的暖宝宝，没有吭声。女人轻轻地呼吸了一口气："你为什么想要新的原子笔？"并小心翼翼地不去使用到"偷"这个字。

女孩的脚趾在鞋子里不断用力，像抓地那样，两只脚轮流，像在忖度。沉默了一会儿后，她小声地说："你会生气吗？"

"不会。"女人说。

"我……想要送礼物给陈心媛。"陈心媛是学校的风云人物，一个隔壁班的漂亮小女生，下课时许多同学都喜欢围着她说话。

"你很喜欢她吗？"女人问，不过不是那种要得到回答的口吻。女孩的心脏扑通扑通，用力地跳了好几下，但她没有开口说话。她怕一不小心说出来的会是错的话。"我想，如果我是心媛，我会很开心，我会谢谢有人想要送我礼物。"女人继续说道，"这是很棒的心意。"

女孩似乎有点诧异女人的回答，她稍微施力握住手上的暖宝宝，手指呈现花苞的形状，整只小手也感觉到更多暖意，双脚脚趾也不再那么用力地抓地。

"可是，偷东西是不对的。"女人终于使用这个字眼，口吻变得严肃，"不对的事情会让很棒的心意变不见。所以我不会生气，我只觉得很可惜。"

"对不起。"女孩说。她的愧疚来自让母亲感到可惜。

"小慧，妈妈不能跟你说没关系。"女人让自己的身子稍微转向，"我们把这个对不起，跟里面的店长说好不好？"她希望小慧看着她："因为你拿的是他的东西，不是我的东西。"但是小慧并没有这么做，她的脚趾又忍不住开始施力抓地。沉默了一会儿后，小慧才抬起头看向女人："妈妈，你可以陪我一起吗？"

女人没有马上响应。她拿出钱包，掏了一张五十元纸币，递给小慧："这一次，你去把刚刚没有结账的原子笔买回来，然后跟店长说对不起。不要害怕，我不会走。我在这里等你。"

小慧想了一下，又问了一次："你不能陪我吗？"

"不能。"女人摇摇头，认真地看着小慧，"你要试着自己负责。能够为自己的错误负责，才是真正的长大。"

　　小慧再次走进便利商店的脚步非常缓慢，甚至连走到摆放文具的商品架前都感觉到艰难，中间她回头看了女人好几次，女人有时候对她点点头，有时候比出加油的手势，有时候用眼神告诉她，不要怕，往前走就好了。店长站在收银台里，有些纳闷，直到他看见这个小女孩拿了两支和刚刚偷的款式一模一样的原子笔，并递上一张五十元纸币。

　　"叔叔，对不起。"小慧低着头用力挤出这句话，她的小手则将暖宝宝挤成一颗新的花苞。

　　"没关系，不要再这样就好了。"店长露出难得的笑容，"你很勇敢。"小慧仍然低着头，抿了抿唇，然后回头看向女人，发现女人正在看着自己，脸上的笑容虽然很淡，但是已经没有可惜的表情。

　　那天晚上女人买了一块千层蛋糕给小慧作为鼓励。

　　"是你最喜欢的蛋糕哦。"女人说。

　　那块千层蛋糕小慧每天只吃一点点，一层一层吃，吃了三四天才吃完。她舍不得吃太快。

运动会前两天，有同学带来周杰伦的专辑，学习委员则是拿出 Westlife（西城男孩）的专辑 *Coast to Coast*，他们为了运动会当天应该要在教室里放什么音乐而争执。最后学习委员获胜，因为 Westlife 的歌是英文的。听一些不是每个人都懂的东西，会显得自己比较成熟。结果运动会的下午一直轮流播放同一张专辑，实在令人厌腻，学习委员去操场看百米赛跑的时候，带来周杰伦专辑的同学偷偷换了音乐，然后在黑板上抄写着歌词。

学习委员喜欢体育委员，大家都知道。

体育委员除了跑百米，还报名了四百米跟八百米的比赛。叶有慧的八百米永远都无法掌握在四分钟以内，可是体育委员每次都不到三分钟就跑完了，她想去看看，于是她没有把周杰伦的歌听完。

　　叶有慧走向操场边，八百米的比赛刚开始没多久。有个同班同学看到叶有慧走过来，顺手递了一个水壶给叶有慧："这是体育委员的，你帮我拿一下，我去上厕所。"然后匆匆跑开。叶有慧没有多想，提着水壶站在操场边。她看见学习委员的眼睛里亮亮的，水壶好像应该给学习委员比较好。叶有慧缓慢地穿过人群，小心地不打扰围观同学的兴致，终于走到学习委员的前面时，有人从后面拍了她的肩膀。

　　"你要去哪儿？"是体育委员的声音，叶有慧一回头，就看见体育委员露出开朗的笑容，"我的水壶啊。"她一愣。体育委员已经从叶有慧的手中接过水壶："谢谢你！"接着伸出右手，将食指与中指并拢，靠近额头再迅速弹开，对她做出敬礼的动作。叶有慧再回过头跟学习委员对视时，她的眼睛里已经没有亮亮的东西了。学习委员没有说话，也没有表情，她们对视了几秒钟后，学习委员先将眼神移开，然后走过她身边，

离开操场。叶有慧站在原地，忽然觉得体育委员跑得
那么快不一定是一件好事。

学习委员和叶有慧，还有另外三个女生，五个人
原本是玩在一块的。不过也才刚升上初中一年级，大
家的感情并不真的深厚。回到教室后，叶有慧看见另
外三个女生跟学习委员凑在一起，她一走进教室，她
们就回过头看她。她原本想伸手跟她们打招呼，但在
那之前，她们已经一起别过头。

那天放学没有人跟叶有慧一起走，四个女生走在
她前方，她听见学习委员高八度的声音从前面传来：
"我要怎么比过她啊？她连 Westlife 都听不懂，但人家
就是喜欢啊。"叶有慧加快脚步绕过她们。

妈妈没有问她怎么了，虽然她一回到家就把自己
关在房间里。她已经过了会跟妈妈讨论烦恼的年纪。
那天叶有慧没有吃晚餐，半夜才因为肚子饿从床上爬
起来，跑去冰箱翻东西，冰箱里被塞满食物，不确定

哪些过期了、哪些还能吃。侧边有一个菠萝面包，叶有慧拿出来，放进微波炉加热。然后她听见脚步声，是妈妈。

"要不要热一杯牛奶。"妈妈说，"冬天喝热牛奶很好睡。"妈妈从冰箱里拿出牛奶，剩下最后一杯的量。"刚刚好。"妈妈说。叶有慧很怕妈妈问她运动会好玩吗，还好妈妈没有这么问，只是帮她把加热好的面包拿出来，换加热牛奶。

叶有慧在小餐桌旁坐下，妈妈走去电视旁的小柜子挑了一张光盘放进音乐播放器，然后坐回她对面的位置，随意翻着桌上的杂志。

女孩　为什么哭泣

难道心中　藏着不如意

女孩　为什么叹息

莫非心里　躲着忧郁

年纪轻轻　不该轻叹息

快乐年龄　不好轻哭泣

抛开忧郁　忘掉那不如意

走出户外　让我们看云去 [1]

校园民谣是妈妈喜欢的音乐。跟今天在学校听到的周杰伦和 Westlife 都不一样。叶有慧明白妈妈的心意，所以觉得有些尴尬。她低着头喝热牛奶。自我在成形时，承接爱的方式也在成形，太年轻的心若要学习指认爱，难免先感到别扭。那天晚上叶有慧比妈妈还要早离开餐桌，她走进厕所刷牙，用的已经不是草莓口味的牙膏，仍觉得嘴巴里有草莓牙膏的味道。

有时候想忘记的和想留下的是同一件事。

---

1. 陈明韶音乐作品《让我们看云去》，一九七九年九月发行，同一年由刘文正翻唱。

叶有慧用力漱了漱口，吐出的污水里有一点混浊的牛奶白。

知道妈妈并不是生母后，草莓牙膏的味道就没有再出现了。

未解的困惑总能狡诈地填满时间的缝隙，将熟悉的事物不着痕迹地推远。叶有慧搬出家里后第一个住进的，是一间位于地下室的小雅房，在学校附近。搬家那天妈妈临时有事，是和她一起长大的爸爸开车替她把东西载到租屋处，叶有慧注意到爸爸的车速仍像她小时候乘坐时一样慢慢的，但就仅此而已。

小雅房里面除了单人床跟一组书桌椅以外，什么都没有，也没有窗户。"衣柜的部分，妹妹你再自己想办法啦。"房东太太这么说。签约的时候因为已经年满十八岁，她没有请任何长辈陪同。

叶有慧在拍卖网站买了一组便宜的衣柜，拍卖网站说只需要一支螺丝起子就能自行组装，看起来不难，她应该还能负担。后来她花了整整两天才把衣柜组装好，却不敢挂太重的东西。叶有慧没有办法真的信任自己。有时候就算费尽全力组装一个看起来可以用的生活，仍然不敢活得太用力。

智芬姑姑积极地说要来看她，进门后她先环顾只有不到三平方米的空间，开口的第一句话是："这不是单人床吧。"

"好像是小的单人床。"叶有慧的音量不大，听起来不太确定。

"哪有小的单人床。"智芬姑姑边说边倾身去搬动床柜，面朝墙壁的床柜跟墙壁之间挪出了一些空隙，可以清楚从这一侧看见床柜是空心的，像是一个倒放的柜子，"这是双人床拆成一半的，房东在捡便宜嘛。"然后叹了一口气："我家里有多的双人床，要不要搬来给你？睡起来比较舒服。"叶有慧直直盯着智芬姑姑的卷发，卷度变得比较自然了，但智芬姑姑身上精致优雅的感觉也退去了一些，不是因为衣着。

"没关系，还要问过房东，可能不方便。"叶有慧说。虽然睡起来确实比原本家里的单人床要窄，不过这是她第一次离家，在单薄的经验面前，世界的一切陌生都显得合理。而且，就算是不舒服的选择也是我的选择。

除了单人床，智芬姑姑将一只手握拳，敲了敲她好不容易组装起来的廉价衣柜："这个衣柜房东也是捡便宜的啊。"叶有慧没有说话。她不知道生活有便宜与不便宜之分。"我可以看看里面吗？"智芬姑姑问，口吻礼貌却不容拒绝。叶有慧点点头。衣柜里只有大约十多件衣服，叶有慧不敢挂太多，她怕衣柜承受不住。智芬姑姑伸手轻轻翻了翻，像在找东西："你爸给你的衣服都没有穿呀？"叶有慧大概愣了五秒，才意会到智芬姑姑口中的"你爸"是生父叶智荣。她对于自己先想起这十几年住在一起的那个男人的脸感到无措。

"还没拿过来。"叶有慧小声地说。

"那都是很好的衣服，不穿很浪费的。"智芬姑姑边说边将衣柜的门小心翼翼地关上。那一刻的智芬姑姑又变得温柔了，那双好看的手懂得轻轻对待她脆弱的生活。只是，那些衣服穿在我身上可能更浪费，叶有慧心想。

智芬姑姑大概是其中一节雨声，因为太响亮的时候，屋内原来的声音会变得微弱，甚至被覆盖。

女人也说要来看她住的地方。

不过相约那天，叶有慧并没有见到女人。

那天早上她们吵了一架，确切在吵什么也不清楚，大概是智芬姑姑的出现让她心思混乱，叶有慧只记得自己对着电话咆哮："你不需要再对我好了，我不需要你对我好。"她差一点要喊出，反正我也不是你的女儿。但她没有。叶有慧心里有一条草莓牙膏味道的底线。

女人在电话那头安静了一会儿，直到叶有慧挂上电话。她一瞬间变得冷静，若无其事地出门上课，在看不到的布鞋内，她的脚指头像小时候不断想要抓到地面那样地用力缩起来、放开，再缩起来、再放开。

因为没有再和女人确认相约的时间，晚餐后叶有慧刻意在外头逗留。回到租屋处时，叶有慧看见门口有好几个塑料袋，其中红白条纹半透明的，一眼就能够看见里面装着她换洗的备用枕头和棉被，搬家那天刚好漏掉这一袋。女人还是来了。旁边是另外两袋，一大一小，大的里面是一些干粮、泡面和市场买的几样表面不太漂亮的水果，小的里面则有一杯封口的冰奶茶，和一块千层蛋糕。冰奶茶的纸杯上都是水珠，让旁边纸条上的字有点模糊，但仍能看得出来女人秀丽的字迹："大学生活愉快！"

　　叶有慧拿起冰奶茶，凑近耳朵摇一摇，冰块已经融化得差不多，没有什么相互撞击的声响。每次跟女人起争执好像都是这样，不知道该怎么和好的时候，时间会主动地去融化吵闹的声音。叶有慧不确定女人是什么时候来的。她提着三个塑料袋走进房内，没有先整理它们，而是从小柜子里拿出铁汤匙，用力地挖着那块千层蛋糕，不到三分钟她就吃完了。该如何才能像以前一样单纯而细腻地享受当下呢？她不知道。

　　现在的她大口地喝着冰奶茶。

　　这些故事叶有慧没有告诉过任何人。

　　包括第一次跟智芬姑姑吃完饭后，女人问她："饭吃得还好吗，智芬姑姑家里好像是开公司的，应该吃了很好吃的食物吧。""我们去一间很特别的餐厅，"她只是这么说，"有一些我没吃过的东西。"叶有慧想告诉女人，她其实比较喜欢巷口的奶油鲑鱼意大利面。

但是她想不到该用什么口吻去说。

就像她不知道该怎么让女人知道，千层蛋糕不是她最喜欢的甜点，只是它能够一层一层慢慢地吃，吃得久一点。女人相信越舍不得的东西表示越喜欢，不过有时候，舍不得只是为了延长还未失去的感觉，与喜欢无关。

许多年后，叶有慧会在夜深人静时想起陈宁学姐曾跟她说这样的话："你的妈妈好温柔。"虽然叶有慧听到的时候面无表情，"有温柔的妈妈真好，这样你以后也会成为温柔的人。"但是听到学姐这么说时，她意识到自己不自觉上扬的嘴角，才赶紧收起笑意。

她不是女人的亲生女儿，她不确定这样的亲密是否属于她。

当跟想要的东西相隔千层，便无法将它只视为一块蛋糕，会想要翻越、切开，会以为时间到来之后，那些东西就会靠近，会变得明朗而整齐。不过事实是，时间只会把真实人生带到自己面前。只是当苦涩的心还包在千层的最里面，对于千层之外的风景有着渴望的叶有慧，还不知道所谓真实人生，是那些她发生过的事，不是她想而未得的事。

04

拥有
但
不属于

我觉得学长很爱你。

　　陈宁醒来的时候太阳穴剧烈阵痛，她想伸手揉一揉，才发现自己的左手被压在一个女人身下。陈宁是左撇子。她摇摇头，一边将模糊的视线对焦，一边坐起身，想起来昨晚是朋友的婚前单身派对，几十个人在饭店租了大房间，房间里杯盘狼藉，没有人躺在床上，大家四散在各个角落和沙发。陈宁凭着印象找到自己的包包，点开手机，迅速滑着昨晚错过的消息，接着把手机收进包包。

　　没有他的名字。昨晚陈宁还刻意跟他说，我会喝很多很多酒哦。她想要被担心，就算这是一种粗糙的表现。粗糙来自于心底明知道这份爱是单向的，仍想要寻找任何一点点双向的可能。显然他不再担心她了。陈宁眼神冷漠地拿起昨天装冰块的水壶灌了一口，冰块早已经全部融化。爱过的痕迹也是。她穿过房间里的小厅，走出房门，然后再拿起手机确认时间。心落不下来的时候，就算一次收到了很多消息，仍会选择性关注，几秒前确认消息的时候陈宁没有看到显示的时间：早上九点四十七分。

陈宁在饭店一楼招了一台出租车，手里握着手机，一有新消息时，她仍会翻开来看一眼，只是没有那种热切。心里有数的时候，自己就是自己最难越过的坎。陈宁忽然从出租车的后视镜中看见花掉的眼线，昨晚她有哭吗，如果昨晚哭过了，为什么现在还是会想哭。她抽了抽鼻子，从镜子里别过和自己对望的视线，转而看向车窗外，今天的阳光很好。

热水壶的声音让陈宁回过神。

她在浴缸泡了好一阵子，把他最喜欢的香味全部倒进去。水已经冷了。一张大型双人床放在房间正中间，她随意裹了浴巾，将自己埋在被褥里，被褥和湿润的头发全部都被同一个气味浸染。最后一次，今天用完就没了，她大大地吸了几口。陈宁不知道为什么，人在过分幸福和过分伤心的时候，会有每一天都是同一天的幻觉，让人轻易地忽略了那些细微的改变。

分手一个多月了，他那么快就不爱了吗？

桌上的手机传来震动，陈宁伸手去拿，是一封短信："学姐，好久不见，想问问你今天有空吗，方不方便碰个面？有东西想要还给你。"现在竟然还有人发短信，陈宁皱起眉头，发信人显示着"叶有慧"，这个名字很眼熟，需要费点力才能想起对方的整张脸。是同一个大学的学妹，有一段时间她们算熟识。只是陈宁已经忘了有什么东西落在她那里。她将手机放回边桌上。

我觉得学长很爱你。

忽然，陈宁想起叶有慧说过的这句话。

"为什么你会这样觉得？"当时陈宁反问。

"因为你叫他自我介绍的时候，他看起来很害羞，但他还是过来自我介绍了。"叶有慧说。

"我不太懂你的意思。"

"男生要面子。"陈宁记得叶有慧这句话说得有点支支吾吾,"学姐那时候是……'叫'他自我介绍,比较……比较不是……嗯……'请'他自我介绍。"然后才淡淡地说:"学长把你放在他的面子前面,我觉得学长是很爱你的。"那时候陈宁看着表情认真的叶有慧,心里忍不住甜甜的。

但是现在,就算把自己浸泡在甜甜的味道中,那些味道都无法穿过皮肤把心里的酸楚洗掉,酸楚只是变得更明显。陈宁起身拿起手机,往厨房走去。她从冰箱干净的上层拿出一盒冰块,在马克杯里装了几颗,再把热水壶里的热水倒进马克杯,冰块"呲"一声快速融在水里。陈宁边喝边回复短信:"好啊。"虽然后来和叶有慧渐行渐远的原因她心底清楚,但此刻的她更迫切地想要看见他的影子。

叶有慧站在衣柜前，直盯着那些工整的纸袋。

跟学姐见面，就和要跟智芬姑姑见面一样，总有一种需要开门走出去，但最后会发现自己只走到了对方门前而已的感觉，屋子里的模样就算能从她们的眼睛看进去，却仍觉得遥远。每一次叶有慧都像是要远行的人，对方只需要在他们的门口等她。她不排斥远行，只是会倦于以为每靠近他们一点点，下一次路途就会缩短一点点，但只要仍是从原点出发——事实上原点永远不会变，路途一样迂回。人是懒惰而聪明的，当能够辨认相聚的意义慢慢小于迂回的遥遥路途，就不会再有启程的动力了。所以本来，叶有慧以为自己不会再见到学姐。

是因为那块红色的绒布。

从那张婚礼邀请卡开始，红色的东西都让她烦躁。

叶有慧的租屋处大门右侧有一排小窗户，窗户上挂着一条与窗框大小并不吻合的红色绒布，绒布几乎长于窗户快要两倍，最上方用钩针不规律地穿插，挂在原有的杆子上。这是叶有慧搬出来后住的第二个地方，红色绒布是几年前刚搬进来时，叶有慧先跟学姐借来充当窗帘用的，后来就一直挂在这里没有还。除了一本美妆杂志，叶有慧似乎没有还过学姐什么。

她仰头盯着高于她许多的窗户，拉了一张凳子，站上去，将绒布拆下来，绒布已经没有任何当初的味道，上面的钩针也已经生锈。叶有慧卸下一个一个钩针，再将绒布仔细对折整齐，然后走进卧房，打开衣柜剩下的那半扇门，拎出其中一个工整的纸袋，把里面还未剪牌的衣服拿出来叠放在床上，再把刚刚折好的红色绒布放进纸袋里。还给学姐的东西，不能用塑料袋装。叶有慧擅于区分好的东西与不好的东西，像是现在，她要和学姐见面了，她得穿上体面的衣服。学姐是一个好的人。

叶有慧把刚刚随意套上的白色发皱衬衫脱下来。

智芬姑姑给——不，应该是，叶智荣给的衣服，比起自己衣柜里的其他衣服，也许真的比较适合。叶有慧站在衣柜前，盯着其他那些工整的纸袋好一会儿后，将床上凌乱的枕头和被子推到墙边，接着把纸袋里的衣服全部都拿出来摊在床上。这些高级的衣服和昨晚躺在这张床上的男子一样陌生。她都能和陌生的人们做爱了，穿上这些陌生的衣服应该也不难。叶有慧依照自己对学姐的印象，选了一件白色的短洋装。她不想离学姐太远。她的眉毛修得整齐，鼻影、眼影、腮红、睫毛膏都用心妆点，还有粉色系的唇膏。叶有慧已经不是那个去高级餐厅会穿 C 牌帆布鞋的女孩，当站在别人身边，她已经学会尽可能不成为突兀的负累。

台湾夏季的天色变化很快，早上的阳光一下子就不见了，午后雷阵雨让浅灰色的柏油路瞬间变成铁灰色，路面坑坑洞洞的凹陷处开始有了积水。凹陷处类似于一种疼痛：快乐的时候疼痛处会先觉得被安慰，遇到挫折或无奈的时候疼痛会先被戳得更疼。

叶有慧的小伞在雨中显得单薄，她的刘海在雨中一下子就变成长条状。咖啡厅的大片木门上有一个小风铃，叶有慧一推开门，风铃就发出声响。学姐已经坐在角落的位置，她轻轻抬头，和叶有慧对上眼。叶有慧快步走上前，虽然一瞬间有一点认不出学姐。

"不好意思，我的头发有一点湿。"叶有慧坐下后，往上看了一眼自己的刘海，并伸手去碰。她知道学姐会在意。木桌上因为学姐将菜单转向叶有慧那一侧而出现沙沙的声音。"要不要喝点热的？"学姐说，"我有点宿醉，只想喝热牛奶。"叶有慧点点头。对话没有搭上。学姐没有对刘海的状态说声没关系，于是叶有慧也没有问，学姐你为什么宿醉呀，只是伸手指着菜单上的"蜂蜜拿铁"。学姐比出OK的手势。

"好几年没见了呀。"学姐边说边从包包里掏出精致的皮夹。叶有慧也往包包里翻找自己的钱包。"我来就好。"学姐伸手做出制止的动作，"真的，我来就好。"学姐又说了一次。叶有慧看着学姐，她穿着一身由粉红色、橘红色拼接布制成的长洋装，印象中的招牌长直发变成了中卷发，嘴巴上是高彩度的红色，还有一条蓝绿色的发带和金属耳环，整体打扮得亮丽鲜明，跟印象中素雅的形象有着极大的反差。叶有慧看着学姐结完账后走回窗边的木桌区，她脚上的白布鞋，才让叶有慧觉得稍微熟悉，虽然布鞋里的袜子实在花俏。

"这个还你。"叶有慧从大大的黑色侧背包中拿出那个工整的纸袋，虽然纸袋有一点被折到了。学姐接过纸袋，看见那条红色绒布时，露出一个俏皮的笑容。当年就是这个笑容，让叶有慧心甘情愿地跟着学姐走了好一段路。

陈宁觉得很尴尬。

叶有慧还了一个如此不重要，她已经不需要的东西。

她现在需要的是他的气息。

"你还记得学长吗？"服务生将蜂蜜拿铁端过来时，陈宁对服务生比了比叶有慧的位置，"他也喜欢蜂蜜的味道。"

叶有慧点点头，然后看了一眼咖啡杯上简单的雕花："我只是觉得很特别，我没有喝过蜂蜜口味的拿铁。"蜂蜜拿铁不是咖啡厅里常见的饮品吗？陈宁没有让叶有慧发现她感受到的差异。她们之间的差异陈宁一直都知道。

无论叶有慧是没有喝咖啡的习惯，还是没有上咖啡厅的习惯，生活的差异尽管只是藏在小事里，陈宁仍会兴起归类的心思。像是曾经有一次，叶有慧想要请陈宁教她画眉毛，她看着叶有慧杂乱而未修整过的眉毛，一时之间不知道该如何是好，便随意地岔开话题。也有一次，叶有慧问陈宁："学姐，去高级餐厅吃饭是不是都要穿洋装啊？""女生的正装不一定是洋装呀，穿得干净得体就好了。"陈宁虽然这么说，但她心底清楚自己没有真的回答叶有慧的问题，所以她也没有深究两个人心里认知的"干净得体"是否一致。还有一次，叶有慧跟陈宁约早上要碰面，但一直到前一天晚上叶有慧都没有回复她确切的时间，隔天十一点左右，叶有慧才传了短信来说："学姐，你到学校了吗？"原来不是每个女孩都知道该如何与自己的五官、自己所处的场域、自己的时间相处。这些是她和叶有慧渐行渐远的原因。

"我们上个月分手了。"陈宁说。

"你们交往了好久。"叶有慧说。陈宁以为叶有慧会问她为什么。但叶有慧没有再说话。

"你跟戴恩还住在一起吗？"陈宁问。

叶有慧摇摇头，然后喝了一口蜂蜜拿铁："好特别，蜂蜜和咖啡明明都溶在这个杯子里，喝起来味道竟然是分开的。"陈宁露出淡淡的、没有实际笑意的笑容："为什么呀？"先聊聊对方想聊的，也许对方等等就会愿意陪自己聊我想聊的。不过叶有慧并没有想要多聊戴恩，她随意地看向相隔大约两桌距离的陌生客人，他正抖着左脚，头上有一顶棕橘色的渔夫帽，叶有慧的视线没有停留很久，她将眼神移回眼前的咖啡杯，然后耸耸肩："大概跟蜂蜜拿铁一样，从头到尾都是各自独立的吧。"

陈宁觉得独立两个字很刺耳。

我也是一个独立的人。

陈宁想起最后一通电话里他说的这句话。

闹分手的那天晚上，他刚好回南部老家。"你现在马上搭高铁来台北，我要见你，我要跟你好好谈谈。"陈宁说。"我不想搭高铁，高铁太贵了。"他说。"我出钱，你来，拜托你好不好，你现在回来。"陈宁说。然后电话那头的他开始啜泣，陈宁也开始哭。"我搭客运。"他说话时的鼻音变得明显。"你搭高铁，我出钱，拜托你，"陈宁又说了一次，"拜托。"她甚至不知道自己咬着牙根。他安静了一会儿，"你不要再帮我出钱了。"他说。"为什么，"陈宁边哭边问，"为什么啊，我只是想要你过得快乐一点啊。""我不想你一直帮我啊，"他说，"你不要再帮我了好不好，我也是一个独立的人。""我不懂，"陈宁说，"我真的不懂。"

叶有慧看见陈宁的眼眶逐渐泛红，约莫是想起学长了。叶有慧递上一张纸巾说："学长应该是爱不起。"陈宁接过纸巾，露出有点听不懂的表情。"学姐太好了。"叶有慧补充，"你越好，他越容易觉得自己不够好。"并认真地看着陈宁:"而且,爱是一面放大镜,会放大所爱之人的优点,和自己的不足。就算他很爱你,但是怕自己不够好,就会不敢靠近。"说起话来已经没有当年那个手足无措的学妹的样子了,陈宁感到有些诧异。叶有慧面无表情地盯着自己杯子里的蜂蜜拿铁,淡淡地又补了一句:"但好像也有这种时候,爱不起跟谁好不好无关,只是单纯怕那份情感撑不起自己想象的和想要的模样。"

陈宁低下头。

"学姐,牛奶冷了不好喝。"叶有慧看了一眼陈宁眼前装着牛奶的马克杯。

"我宿醉是因为庆祝啦。"陈宁为自己解释,"昨天我朋友办单身派对。"生怕叶有慧不相信。叶有慧只是淡淡地点点头。印象中的学姐,也不是一个会去派对的人。陈宁嘴唇上鲜艳的红色很陌生,从那嘴唇吐出的句子也很陌生,只有说起学长时的眼神是叶有慧熟悉的。

因为每当这个眼神出现时，叶有慧的心都会酸涩地、怦怦地跳。

叶有慧第一次见到陈宁的时候也是仰着头。

跟早上仰起头看向那块红色绒布一样。

那是刚升大二没多久的一个下午。社团办公室在一栋旧式建筑物的二楼和三楼，经过时常常能听见合唱团在练唱，叶有慧几乎每一次都会刻意放慢脚步，尤其在有阳光的午后，她需要那种微妙的平静感。有一次叶有慧想找到最靠近声音的墙面，她发现合唱团的教室在其中一侧墙面的二楼，于是她就站在那里听。那是二〇〇八年，那天合唱团在练唱五月天刚发行的新歌《你不是真正的快乐》。她仰起头，盯着窗户看，跟音乐融在一起的时候有被保护的感觉。

然后有人喊了她："学妹。"

叶有慧回过头，是个一头长直发、表情恬静的学姐。

学姐穿着修身的白色短洋装，脚上踩着干净的白色帆布鞋，肩上背着咖啡色的皮质侧背包。叶有慧下意识地想要跑开。"要不要上去听？"学姐走近她，嘴上是淡粉红的唇色，双手指甲整齐有光泽，连笑容都干净得不可思议。"没关系。"叶有慧说，双脚微微地想要后退一步，因为她闻到学姐的衣服上有一股香味。

这个味道她闻过零星几次，知道是来自某一个牌子的洗衣精，但到底是哪一个牌子始终不确定。叶有慧第一次闻到，是在陈心媛身上。陈心媛从来不认识她，但她认识陈心媛。她为她偷过原子笔。因为有一次下课她不小心听到陈心媛说，"便利商店里的原子笔有猫咪的图案好可爱哦。"但是叶有慧那一个星期的零用钱（五十元）已经拿去买零食了，她不想等到下一个礼拜。

学姐走向她，就像陈心嫒走向她。

"我也是合唱团的。"学姐说，"我可以带你去偷偷听哦。"然后露出俏皮的笑容，叶有慧被这个笑容拉回来，她看着学姐身后因为阳光穿透不了而出现的美丽树影，决定跟着这个陌生的学姐走。

二楼长长的走廊两侧都是社团办公室，走廊上堆积着不同社团的杂物，合唱团的教室在中间，门口有一张长木椅，学姐指的偷偷听，原来是坐在这张教室外的长木椅上。"没有被他们看到就算是偷偷啦。"学姐一脸自在地先坐下，"你好像经常来听我们唱歌，下一次你可以自己上来这里。"一边指了指自己旁边的位置。木椅旁边是一沓乐谱和一些美妆杂志。"我有时候想偷懒，就会在这里看乐谱或这些杂志。"学姐敏锐地看到叶有慧的眼睛飘向那些书籍，随手拿起一本杂志。"女生都爱美嘛。"然后递了一本给她，"这本如果你喜欢就拿回去，反正都是我带来的。"叶有慧接过杂志，静静地翻着，上面有一些日文，她看不懂，只觉得离歌声更近了一点，却又不打扰到歌声，这样的距离很舒服。

一周后叶有慧再次在这栋旧式建筑物前面停下，不过今天没有练唱的歌声。她手里拿着那本日系美妆杂志，小心翼翼踏上水泥阶梯，她走到合唱团的教室外，将手上的那本杂志放到那沓美妆杂志的最上面，接着从酒红色木门上布满灰尘的玻璃窗往里面看，有一群女生围着学姐。学姐站在最前面，旁边的高脚椅上坐着一个女同学，女同学闭着眼睛，刘海被夹起，学姐拿着一支不知道什么笔在她的眉毛上画呀画。原来没有练团，是因为学姐在教大家化妆。学姐抬头时刚好跟叶有慧对到眼。学姐露出笑容，叶有慧知道是向着她的，还有那句唇语：等我一下。有些女生因此往门外看，叶有慧缩了缩身子避开目光，接着才在门外的长木椅坐下。

她有时候会听见女同学们的笑闹声，有时候会听见学姐认真地在跟大家解说妆感和眉型。偷偷听着学姐说话，但又不打扰到学姐，这样的距离就像在听好听的音乐一样很舒服。听着听着，大概是忍不住想要更靠近的心思，叶有慧起身走去厕所，在女厕里小小的镜子前看自己看了好一会儿，她伸手摸了摸眉毛，再摸到干涩的嘴唇，叶有慧想起上次见到学姐时她的嘴巴上有淡粉红的唇色。那是女生应该要有的模样吗？

教学结束后，女同学们纷纷离去，学姐跟着走出来，叶有慧挪了挪身子，空出一个位置想让她坐下。学姐没有坐下。叶有慧露出认真的表情："学姐，你觉得我的眉毛要怎么画？"学姐看起来有点惊讶，先是愣了愣，然后忍不住笑了出来："你等我一下。"她走进教室，叶有慧以为学姐要去拿那支画眉毛的笔，结果只是去拿她的包包，然后将教室的灯关上。走廊因午后的日光而明亮着，学姐这才缓缓坐下。

"你想成为什么样的人呢？"学姐将身子转向叶有慧，双手交叠地放在自己的包包上。从来没有人问过她这个问题。叶有慧一时怔住，她眨了眨眼，随意地说了一句："好看的人……吧。"

"那，是哪一种好看的人？"学姐的笑容没有淡去，"好看的人也分很多种，你想成为哪一种呢？"叶有慧没有说话，她忽然觉得自己很像问错问题的孩子。"得先知道自己想要长成什么模样，才会知道要从哪里进行调整。"学姐边说边站了起来，"要不要去吃东西？"叶有慧摇摇头。"没关系。"学姐说。叶有慧也站起身，示意自己要离开了。

"那，下次见。"学姐对她挥了挥手。

"拜拜。"叶有慧说。她没有提起手做道别的动作，只是赶紧转过身去，然后快步离开。离开的时候是傍晚，阳光已经偏斜许多。叶有慧越走越快，越走越快，她感觉到胸腔有一股酸涩感，然后在经过校园的某一排行道树时，随着日落掉进遥远的海里，她的眼泪落在外套的领口上。领口不如海那样遥远，每一次坠落都又回到自己身上。

都延迟了。那些女生为什么会知道自己想要怎么样的妆容呢？所有的女生都知道吗？是她们的妈妈教她们的吗？延迟就是一种错过。女人除了没有在一开始就告诉她"你是谁"以外，也没有问过她"你想成为什么样的人"。

叶有慧无法停止脚步，她害怕停下来，停下来就会将自己未曾拥有过的事物看得太清楚。

"我想成为像学长那样的人。"陈宁走在叶有慧的右侧，手上抱着一捆红色绒布，嘴里喃喃地说着。叶有慧知道学长是学姐的男朋友。

有一次刚好是社团课结束的时间，她经过那栋旧式建筑，看到一个个子不高的男生站在一旁，看起来像在等人。合唱团的团员们从大楼里走出来，男生将手机收进口袋，本来要走过去，但看到有一大群人，又停下脚步。然后她看见陈宁学姐看向这里，叶有慧本来要打招呼，没想到陈宁喊了一声："许少杰，你过来啦！"原来不是要喊自己。男生看起来有点踌躇。陈宁又补了一句："快点过来跟大家自我介绍！"然后他才缓缓地走过去，双颊微微地泛红。这是叶有慧对学长最清楚的印象，因为在知道学姐有男朋友之后，她就开始若有似无地避开学姐。甚至不再坐在合唱团教室外的长木椅上。

除了今天，她站在一楼的墙边偷听被学姐碰到。学姐问她最近还好吗，她随意地说着自己刚搬进一个旧公寓的六楼，那是间顶楼加盖，夏天太阳会直晒，房东没有附窗帘。陈宁说合唱团里有一些办活动时才需要用的布，但一次也不需要这么多，多了一些，可以先借给叶有慧。陈宁让叶有慧在原地等她，三十分钟后陈宁不知道从哪里回来，除了胸前抱着一捆红色的绒布，手里还多提了一个小塑料袋。

叶有慧带着学姐穿过校园，走向她新搬进去的巷子。

"学长是怎么样的人啊？"叶有慧问。

"他总是能看见事情的本质。"陈宁说，"虽然我妈不喜欢他。"

叶有慧看着陈宁漂亮的侧脸，当她听到"妈"这个字的时候，总是会先想起女人，而不是那张便利贴上面写着的"李美如"。母亲这个角色是透过血缘而建立，还是透过生活的实际重叠呢？

到旧公寓后，叶有慧跟陈宁说："学姐你不用上来没关系，里面还没有整理好。"陈宁说："没关系，挂窗帘两个人一起比较方便。"于是叶有慧又领着陈宁走上窄窄的水泥阶梯，每经过一个楼间，就会有一扇窗户，窗户外面能直接看到对面的巷子，一直到四楼的时候楼梯间才开始有阳光。

叶有慧从陈宁手中接过红色绒布，红色绒布因为刚刚被学姐抱着，有学姐的味道。

跟谁拥抱过，身上就会有他的味道，真幸福。

陈宁从塑料袋里拿出刚刚买的全新钩针："我猜你没想到要准备这个。"然后一边观察小套房里被太阳直晒的那面窗户，"好幸运，太阳找得到你。"学姐的笑容好漂亮，叶有慧在心里低喃。学姐不在意还没整理好的空间，就算有一堆纸箱、杂物，她也愿意专心测量着钩针需要的宽度："虽然绒布和窗户的大小不太一样，但应该可以将就着用。"学姐说。

叶有慧也露出笑容。

直到陈宁指着杂乱纸箱中的衣物说："欸，我刚刚看到那里有几件男生的衬衫欸。"她眼神暧昧地看着叶有慧，"男朋友哦?"叶有慧的笑容一下子退去，涨上来的是耳根上的红，还好耳朵被头发遮住了。

"不是。"叶有慧眼神坚定地看着陈宁。

内心深切地恳请学姐千万、千万不能误会。

到底是身在其中的人能够看得比较仔细，还是保持一点距离的人能够看得比较清楚呢? 俯瞰山路时会知道哪里是岔路、哪里有溪湖，可是看不到登山者为了一株花、一滴露动容的表情。有些人要的是窥见掌纹里的因果，而有些人要的是一眼一瞬间的悸动。

果然如学姐所说，学长能够看到事情的本质，叶有慧心想。所以才会选择离开。叶有慧不知道这些年陈宁发生了什么事，就像当陈宁说出"你的眉毛画得好好看"的时候，陈宁也不会知道她从哪里学会了包装自己的技巧。陈宁没有变得更好或更坏，只是变得陌生。但光是陌生，就让叶有慧觉得自己身上的白色洋装是一件错的衣服。那明明已经是衣柜里最贵的衣服了。

叶有慧注意到，陈宁的口红似乎不会粘在杯子上。她的白色马克杯上没有任何唇印。叶有慧盯着那个白色的马克杯，那才是她认识的学姐。还好口红没有印在上面。后来的时光若有口，当它将唇凑近，谁晓得曾经的美好印象会被吃掉还是被亲吻。叶有慧忽然觉得，有时候，曾经的美好印象应该被"再也不见"保存起来，这样也许就不会有那种，无论如何我都追不上你的感觉。或是，我明明也奔跑着，我也努力地从迷惘与困惑中活了下来，怎么迎来的会是美好印象的死亡。

陈宁意识到靠近叶有慧也无法获得她想要的气息，反而是毫无交集的这些年衍生出了更巨大的分歧。她潦草地带过话题，说自己还有事，要先走了。分别时叶有慧和陈宁站在咖啡厅门口。叶有慧说她要搭公交车。陈宁说，好，我还要去其他地方。于是，两个人各自往反方向走。

一会儿后，叶有慧想到，也许走到前一个公车站人会比较少，快到下班时间了，她不想挤在人群里，于是她折返回来，看见陈宁走在她前面，她们隔着一段很刚好的距离，陈宁手上拎着她今天早上腾出的工整纸袋。走着走着，巷口的转角有一个橘色大垃圾桶，里面套着黑色大型垃圾袋，叶有慧看见陈宁将那个纸袋随手丢进垃圾桶里。她看不见陈宁的表情。叶有慧的心缩了一下，她将脚步放慢，不确定自己是不是要继续跟着陈宁走完这条路。

有些东西太晚还的时候，那个人就不需要了。

生活中不是很多这种事吗？别人借了你一把伞，但你没有还，无伤大雅之下，下一个雨天他会再去买一把，你拥有那把伞，但那把伞不属于你。也像是有些人会觉得，我拥有这些同学，但我好像不属于他们。

也像是，叶有慧拥有陌生叶家的血液，但她不属于那一个叶家。能借出去而不被要求归还的东西，在一开始就没有重要到非谁不可吧，所以在未归还的空当里，时间会自动地为每个人的缺口补上其他东西，而这些东西正印证着人们持续运转且不可逆的人生。

叶有慧在某个岔路转了弯。

她拿出手机，在地图的搜索栏处打上"丽芬婚纱"，是稍早出门时在网络上查到的廉价婚纱店。这大概才是她应该要去的地方。这一刻她才想起来，陈宁学姐身上仍有跟陈心媛一样的味道，她们是一样的，跟自己不一样的人。

陈心媛再见。学姐再见。

意思不是再也不见，而是如果有缘再碰面，她不会再是这个她了。叶有慧知道，下一次站在窗边仰起头，她不会再看见那块红色的绒布。

05

情深
之初

我甚至是块坏掉的砖，

盖不成一个家。

便利商店里的广播正在播蔡健雅的《空白格》[1]。

戴恩走进店里，穿着一身整齐的高级西装，西装外套挂在左手上，右手拎着皮质公文包，晚上十一点多，夜班的店员在补货。"需要什么吗？"店员说。"我要取货。"戴恩说。纸盒小小的，里面是两支品牌护手霜。往前再走一个街区，是从他大学离家前就开始整修，到现在大学毕业好几年了，仍没有修好的一条路。戴恩的母亲在路边有一个卖红茶的小摊子。他走上前，母亲刚洗完今天的红茶锅。"还好现在不是冬天。"她说。

戴恩作势要将公文包放在小摊子上，母亲赶紧制止："这里很脏。"

"没关系。"戴恩说，然后把西装外套也一起放上

---

1. 蔡健雅音乐作品《空白格》，收录于专辑 *Goodbye & Hello*，二○○七年十月发行。

去，接着将纸盒打开，护手霜递给母亲。母亲伸手要接，戴恩看着她接过的手长满了茧，还有一些破皮，又拿了过来："我帮你吧。"

"以后不用花钱买这个。"母亲看着自己的手，"这个不会好了。"

"你不是喜欢这个味道吗。"戴恩说。

"是你还在想她吧。"母亲收回手，做出类似洗手的动作，将乳霜涂抹均匀。戴恩没有说话。母亲叹了一口气："你这次待几天？"她知道儿子这次是刚好到家乡出差，才会回来住一晚。

"明天早上的高铁。"戴恩说。

"早点休息。"母亲拍了拍戴恩的手。戴恩跟在母亲身后走进小摊子后面的房子，他们住在二楼，戴恩的房间在最里面。

他随意地躺在床上。

如果三年前他没有问出那句唐突的话，也许他们就不会变成今天这样。戴恩闭上眼睛但是没有睡着。不知道是不是离家太久，熟悉的空间也变得陌生，让自己无法全然安心地去想一件事。

他把手伸到自己的鼻子前，护手霜的香气一直没有散去。

那句话是："欸，叶有慧，你有做过……吗？"

"做过什么？"叶有慧皱眉。两个人分别窝在沙发的一角，没有任何肢体接触，电视正播着无聊的谈话性节目。那是一个冬末，春天还没有来，气温是舒服的二十摄氏度左右。

"爱……"戴恩说。面红耳赤。

"嗯？"叶有慧意识到戴恩的意思后，迅速拿起一个长满毛球的抱枕丢向他，"你有毛病？"然后起身走回房间，一会儿后又走出来，对他吼了一句："你今天睡沙发！"在那之后，戴恩就一直睡在客厅的沙发上，直到一个月后搬离。那是他们住在一起的第二年。

他们没有在一起。

戴恩在二十三岁时遇见十九岁的叶有慧。当时叶有慧为了负担自己的生活费，在学校附近的复合式面包店打工，面包店内有提供室内用餐的座椅空间，主要的工作内容就是送餐点、结账、清洗餐具等琐事。叶有慧做事不算特别认真，但也没什么小聪明。戴恩则是正职员工，理着干净的平头，单眼皮，鼻子尖尖的，笑起来有虎牙，一脸腼腆，总是穿黑色或卡其色的 T 恤。

"因为这样就不用一直想要穿什么了。"戴恩这样解释过。

"所以你是一个懒惰的人吗？"叶有慧问。

"不知道。"戴恩耸耸肩，"但我不喜欢麻烦的事。"

"没有人喜欢麻烦的事。"叶有慧边说边将托盘上用过的餐具分类放进洗碗槽，"但麻烦的事总要有人承担。"接着她戴上手套，准备开始清洗。戴恩伸手拍了拍叶有慧的肩膀，露出笑容："那……要不要轮流承担?"示意餐具让他来清洗。

叶有慧心里知道，他们之间有着什么，不是友情也不是爱情。

于是某一个简单的午后，叶有慧口吻平常地问戴恩，"我在找新房子，要不要一起住?"戴恩耸了耸肩说，"可以啊。"他们干净得像是繁复森林里最清澈的一条河，河上的小舟载着相似的伤痕，尽管叶有慧并不清楚戴恩的过去，但至少她知道，起风时，戴恩也会在同一叶小舟上。叶有慧有一种感觉，看着戴恩，自己就不会落单。

戴恩以为他们之间还有更多。

他们住在一起后，某一次戴恩看叶有慧抹护手霜看了好一会儿。叶有慧问："怎么了?"戴恩反问："那个好用吗？"叶有慧说："不确定，但开始在面包店打工后，因为常洗餐具，我觉得自己的手变粗糙了，想要保养一下，你要试试看吗？"戴恩在自己的手上涂了一点，然后问："这很贵吗？"叶有慧说："还好，开架的，怎么了？""我想帮我妈买一支。"戴恩说。

那年冬天，戴恩生日的时候，叶有慧送给戴恩一支品牌护手霜："我存了很久的钱哦。"附上一张卡片，写着一行字："谢谢你的妈妈生下了你，我才能够遇见你。"生日礼物是送给戴恩的，也是送给他母亲的。戴恩看着卡片红了眼眶："第一次收到生日礼物是送给我妈的。"然后破涕为笑，他心底的不确定感一点一点清晰起来，原来叶有慧一直记着这件事。母亲说她很喜欢那个味道，后来戴恩每到生日，就会送母亲一支，再后来，他的生活比较宽裕了，只要回家，就会带几支回去。

戴恩从来没有问过叶有慧：你喜欢我吗？我们是

什么关系？我们要不要在一起？他不想破坏这份平衡，因为他害怕这才是平衡，因为他知道，叶有慧没有什么朋友，除了学姐。戴恩有时候会有细小的感觉，有没有可能，叶有慧喜欢的其实是学姐。但是人总看不见其他人的相处细节，每个人心里都对在乎的人有着极其私密的诠释和感受，越私密就越汹涌，越汹涌就越谨慎，不能让这些从眼睛溢出、从口里溢出，必须保持平衡的站姿，才能继续并肩而走。

事实上叶有慧并没有一直记着这件事。

那是一个下大雨的周末，早上起床时叶有慧的眼皮一直跳。她与戴恩睡在同一个房间里，两张单人床，靠着左右两侧的墙壁。醒来时戴恩已经出门了，他今天上全天班，叶有慧则是上晚班。她传了消息给戴恩："我眼皮一直跳。"戴恩回她："桌上有蛋饼。"叶有慧将蛋饼放进微波炉加热，吃完后才出门。

直觉带来的结果有时候就像是墨菲定律。

那天下午，叶有慧第一次见到生父叶智荣。

大雨让来客率变高许多，面包店在学校附近，学生们会跑进店里躲雨，顺便买个小点心或点杯咖啡。人群让叶有慧感到烦躁，她拿着泡好的饮料走向客人，有点心不在焉，不过落地窗外出现的四个人影让她回了神。她先认出智芬姑姑，其他三个是她没有见过的人，两个女人、一个男人。他们长得很像。叶有慧直觉那个男人就是叶智荣。他们走进面包店，叶有慧怔了怔，把冷饮送到客人桌上后，立刻走回厨房，明显刻意地避着他们。

不过越想要回避，除了双眼前方以外的所有余光，越容易被不愿意直视的场景填满。叶有慧知道，他们在看她。那三个女人五官相似得几乎就是姐妹。叶家原来是一个大家庭吗？有三个姐妹、一个男生的家庭，所以，大家都知道她的存在吗？一想到这里，叶有慧端着盘子的手就会忍不住因为颤抖而将盘沿抓得更紧。

终于，雨渐渐停了以后，智芬姑姑朝叶有慧走来："有慧。"她喊了一声。叶有慧抬头看向智芬姑姑，同时看见她身后的叶智荣，还有叶智荣身后的时钟，显示着下午四点二十二分。避不开了。

"他是你爸爸。"智芬姑姑说。我根本没有看过他，叶有慧在心里低喃。叶智荣的表情很别扭，眉头皱得很紧，想要好好地看看她长什么样子，又不敢直视。和叶有慧一样。

"没事的，我们来看看你而已，准备要走了，跟你打声招呼。"智芬姑姑的笑容还是那么优雅，"另外两个是你的二姑姑和小姑姑。"叶有慧没有直接转头望，她用余光看向门边的桌子，她们陌生得宛如下次再见面也不会认出来的路人。

"垃圾车要来了哦，叶有慧!"戴恩在她身后喊道，"快点过来!"叶有慧低下头，没有说再见，小跑步跑进厨房。

那天晚上叶有慧告诉戴恩，谁是智芬姑姑，谁是叶智荣。她不曾向他人说出口的话，好像都能够告诉戴恩。

适当的亲昵让人心安，有些坑洞甚至会有暂时被填补的感觉。叶有慧是在那样的时刻想到的，戴恩的生日要到了，该送什么给他呢？叶有慧不是一个对生日特别有感的人，从前女人和男人也会为她过生日，比起庆祝，收到的礼物通常就只是日常生活中会需要用到的东西，生日像是标签，撕掉就没了，对象继续存在日常里。于是叶有慧习惯性地往"戴恩需要什么"去思考。最后叶有慧将自己的需要和戴恩的需要做交换——她将原本存着要去买新窗帘的钱，拿去买了护手霜。而且，叶有慧想着，跟学姐借来暂时替代用的红色绒布就可以再晚一点还了，她其实不想跟学姐之间的这一份连结这么快就结束。她那时候还不知道这一个交换会把红色绒布换进路边的垃圾桶里。

戴恩收到的时候很高兴，她也很高兴。虽然叶有慧没有再买过那个牌子的护手霜，对她来说实在是太贵了。

同居生活对戴恩来说，有许多不方便，但是因为喜欢的心意更强烈，所以他装得无所谓，直到喜欢也变成一种不方便。

那是个深冬，叶有慧说她要跟生父叶智荣见面了，不想穿得太随性，但又不知道该穿什么好。叶有慧心里想着陈宁学姐曾经穿过的一件浅色小洋装，陈宁学姐穿起来很好看，不知道那适不适合自己。戴恩约了她下班一起去夜市逛逛。当时戴恩除了面包店的正职工作以外，有时候也会去附近的小区大学打工，那天两个工作都结束后已经过了晚餐时间，约莫八点，叶有慧站在夜市口等着要从小区大学赶过来的戴恩。戴恩迟到了。叶有慧打了通电话给戴恩，手机里响着那首来电答铃，是她已经听得很习惯、一直没有换的阿桑的《寂寞在唱歌》[1]。戴恩没有接电话。叶有慧反复地听，然后挂掉，跟着音乐随口哼了两句。

　　你听寂寞在唱歌，温柔的，疯狂的，悲伤越来越深刻，怎样才能够让它停呢？

　　这些日子里有着戴恩，叶有慧心里暖暖的。不知道戴恩为什么要选这首歌当作来电答铃。

　　"有个老师在跟我讲话。"戴恩匆匆赶来时口里含着歉意，还没走到叶有慧面前就先把这句话说完了。叶有慧挥了挥手，表示没关系。走吧，她说。

　　以往他们往夜市里走，都是去吃一家五十元有找的油饭配大肠面线，或是两个人吃一份牛肉炒饭，夏

---

1. 阿桑音乐作品《寂寞在唱歌》，二〇〇五年二月发行。

天就喝一杯十五元的西瓜汁，天冷的话就喝一碗猪肝
汤。所有都是两个人分一份。不过这次他们在夜市口
就停下来，夜市口有一家服饰批发，每次都会经过，
黑色的塑料衣杆立在外头，一杆一杆的上面夹着马克
笔写着的"此杆100""最新韩服"等。这天很冷，叶
有慧迅速地蹿进室内，夏天经过时会觉得凉凉的冷气
变成了暖气，铁卷门的正上方多了一条红底白字的长
布条，上面写着"清仓大甩卖，全场五折起"。戴恩
说："他在这附近住了好几年，从未看过这家店挂出这
样的布条，会不会是金融海啸带来的影响。""金融海
啸会吹进小小的夜市吗？"叶有慧皱起眉，说出这句话
时还不懂得这句话的意思。

　　戴恩看叶有慧漫无目的地走来走去，但是一直走
回洋装区，看出了她的心思。"你好像很少穿洋装，"
戴恩说，"不如就买洋装吧。""女生的正装不一定是洋
装哦。"叶有慧说，学着陈宁学姐的口吻，不可以有这

种刻板印象。戴恩噘了噘嘴，没有回应。"不过我确实没什么洋装，挑一件好了。"叶有慧说，一边伸手去翻找类似陈宁学姐穿过的款式，心里甜甜的。最后她挑了三件。

更衣室的门是带有污渍的米白色，门上的卡榫和墙上的对口已经有点对不齐，需要用一点力才能将门上锁。门的外侧是一面大镜子，换好衣服后要走出来才看得到自己换装过后的模样，门片的部分只做了中间三分之二，最上面和最下面是空的，可以直接看进去里面的人穿着袜子或赤裸的脚踝。戴恩站在外面，戴着耳机听 MP3 里的音乐，那时候还不知道未来的手机可以同时有质量地兼顾听音乐、拍照、录像甚至是上网的功能。如果这一刻发生在十年后，戴恩也许就不会那么专心地看着更衣室里叶有慧的脚踝。十年后有许多东西可以分散注意力。

叶有慧脱下的裤子掉落在地面上，戴恩压根忘记现在音乐播到哪一首，他只知道，他明明每天都看得见叶有慧的脚踝，但裤子掉落、遮住脚踝的那一瞬间，他的耳根发着热。年轻时的欲望通常不是向父母学习，而是向自己喜欢的人。戴恩试着想要别过头，但是没有办法。他的眼睛似乎能够看穿那件被脱掉的裤子，直视叶有慧赤裸的脚踝，就像看穿了这扇门。

"你好了吗？"戴恩试图冷静，同时听见自己有点沙哑的嗓音。

"快好了。"叶有慧回应道。

叶有慧走出来的时候，发现戴恩在抖他的左脚。那是戴恩紧张的时候会有的惯性动作。"你干吗？"叶有慧说。戴恩摇摇头，看向旁边故作呛到地咳了几声："好像有点着凉。"他说。"你冷也会抖脚哦？"叶有慧戏谑地说，"男抖穷女抖贱哦。"戴恩脸颊涨红地又咳了几声，才缓下来："这件不好看，你再去换一件。"他并没有认真打量叶有慧。叶有慧耸耸肩，站在镜子前看了看自己，她的身形纤瘦，跟陈宁学姐差不多，学姐只比她高一点，叶有慧侧身看了看，然后走进更衣室。

那天叶有慧买了试穿的第二件，她没有试穿到第三件，因为第二件就很喜欢了，而且叶有慧看到镜子里戴恩的表情，戴恩很认真地凝视着自己，然后轻轻点点头。

不知道亲密是不是有一个制高点，维持亲密需要建立于彼此想要的、能给的是同一种东西。如果世间万物在亲密里也有分类的话。否则从陌生走到最亲密，而在最亲密之后，是不是必得渐渐地走向另外一种陌生。多年后叶有慧会在另外一面镜子前想起这一刻，这一刻就是那个制高点。因为几个月后，戴恩忽然问了那个问题，叶有慧于是隐隐知道，他们对彼此的爱是不一样的爱。

一份情感是两个人在感应。就算没有进行确认。

叶有慧不想失去戴恩，所以戴恩决定要搬走那天，她带点阻遏地严肃说道："你最好不要喜欢我。"

"我没有喜欢你啊。"戴恩淡淡地说，"我搬走又不是因为你。"一边将杂物收进纸箱。

"我知道。"叶有慧点点头，心里却有种不踏实的感觉。获得的事实并不是事实，但又不能再获得更多了。她将双手盘在胸前，身体倚在墙边："好吧，其实，"眼神定定地看着戴恩，"你有没有喜欢我，我都没关系。"

"我知道。"戴恩也点点头，没有看向叶有慧。

叶有慧没有再回应。她将身体离开倚着的墙，像离开已经不能依赖的人。然后拿了钥匙，径自打开门、下楼。戴恩听见一楼铁门关起的声音，大约十多分钟后又听见铁门被打开。叶有慧回来的时候手上拿着一瓶红酒，大概是去巷子后面的小卖场买的。她走进厨房拿出家里仅有的两个廉价高脚杯："我们每次都用这个喝葡萄汁，假装在高级餐厅吃饭。要装也装得像一点，今天就喝红酒吧。"叶有慧说。

戴恩耸耸肩，他没有抖左脚，叶有慧仔细地观察着。到底是什么意思，在意还是不在意，不可能不在意的话，又是哪一种在意？但她没有问。叶有慧将一杯红酒递给戴恩，然后提手举起酒杯："Cheers！"戴恩接过酒杯，两个酒杯轻碰，声音短暂而清脆。像两颗心轻碰，自己的课题仍要自己吞下："Cheers！"戴恩说，然后将红酒一口喝完。

叶有慧优雅地看着眼前的廉价高脚杯，里面装着劣等的红酒，她觉得像极了自己好看的身体装着劣质的灵魂。人难免都有需要假装的时候。她看了戴恩一眼，他已经不是那个在同一叶小舟上的戴恩。叶有慧晃了晃酒杯，然后也一口气喝完剩下的三分之一杯，杯沿上还残留着她买的开架式口红。

清澈的河水在下过雨后也会变得混浊，没有人知道雨水会为一条无名的小河带来什么，就算会再明朗起来，就算人们拥有时间和阳光，发生过的事情仍然无法抹去，说出口的话仍然不能收回。现在叶有慧看向戴恩的时候，心里会疼。因为就像她看向任何一个别人一样，都有了落单的感觉。

你觉得我要去参加我爸的婚礼吗？

戴恩冲了简单的冷水澡，裸着上身走出浴室，打开手机里那句不到十分钟前传来的消息。他一大早就搭上高铁，现在已经回到台北的租屋处，闹区地铁站旁的大厦，十三楼，一间月租金一万八千元的大套房，整体干净明亮，简约的北欧风设计。昨天明明是回家，这里却比较舒适。戴恩不喜欢这种比较，但是当他躺在床上，想起家里有着肮脏污渍的天花板，他骗不了自己，这个不便宜的小房间确实让他更为放松。

"我晚上有空。"戴恩回复。翻了个身，他再传出一则："可以讲电话。"接着跟老板请了假。戴恩想见叶有慧，但不想要太靠近。他还记得她的声音。"我昨天在网络上看到一句话，念给你听：若你来了，别急着留下，还有更远的地方，别急着回头，我不是最好的人。我甚至是块坏掉的砖，盖不成一个家。不觉得写得很好吗？"还住在一起的某天晚上，叶有慧窝在客厅里念着网络上的句子。不过戴恩并不认同，他不相信房子里的每一块砖都是完美的。

戴恩换上白色 T 恤和一条修身的牛仔裤，带了皮夹就出门了。相比起十三楼的安静，电梯抵达一楼，门打开的时候有一阵城市的嘈杂声。他招了一辆出租车。如果叶有慧还住在六楼，距离戴恩租的套房车程大约二十到三十分钟。已经过了上班的巅峰时间，也许只需要二十分钟。出租车在巷口停下，戴恩走进巷子，一个穿着花衬衫的男子匆匆地打开他熟悉的那座公寓大门。男子朝他的反方向离开，他还能闻到男子身上很浓的陌生香水味。

"你奶油没吃完啦！"一个响亮的骂声从公寓楼上传来，戴恩还没有抬头就知道，是叶有慧。他看见男子惊慌地抬头，然后加快脚步离开巷子。戴恩大概只看到叶有慧三秒，不过距离太远，看不清楚。戴恩盯着六楼的窗户好一会儿，那块尺寸不合的窗帘仍在那里，那甚至称不上是窗帘，只是叶有慧跟合唱团的学姐借的一块红色绒布而已。算一算，叶有慧住在那里有四五年了，一直都没有换。叶有慧是真的喜欢学姐吧。

戴恩走到巷子口，站在那里好一会儿。阳光很大，巷口的大树仍和许多年前一样有着遮阴，这里的街区原本就很旧，过了几年，其实看不出太大的变化。新人变旧人的过程只有一次，那次之后，旧人就永远都是旧人了。若有所惋惜，也只是重复惋惜，而身上所有新长出来的东西，都只是加深着惋惜。

这是旧人的眼睛，只要看过一眼，就无法改变。

过了一会儿，戴恩看见窗边的布被叶有慧卸下来，这勾起了戴恩的好奇，他认真地盯着那扇窗。大约二十分钟后，叶有慧打开公寓的门，身上穿着一件白色的短洋装，手里提着一个眼熟的纸袋，戴恩认出那是叶有慧一直放在衣柜里的袋子，不过袋沿露出的是那块红色绒布，他忍不住跟上去，为了避免被叶有慧发现，他随手捡了地上一顶棕橘色的渔夫帽。戴恩看见叶有慧边走边将那个纸袋收进她大大的黑色侧背包里。

戴恩坐在咖啡厅里，看到叶有慧跟一个女生见面，叶有慧将纸袋往前递，他才知道那个人是学姐。戴恩没有看过学姐，所以他从学姐的口里听见自己的名字时，不自觉焦躁地抖着左脚。叶有慧跟学姐聊过自己吗？戴恩认真地想听见叶有慧说了什么。心里在意一个人，就会连带地在意他看待自己的眼光。不过戴恩只听到那句：大概跟蜂蜜拿铁一样，从头到尾都是各自独立的吧。

戴恩抖着的脚停了下来。不敢确认的事情，在这句话里似乎得到了印证。可是又怎么样呢，虽然想要心里的石头放下，但是如果，它在空中就碎掉了，那算是放下吗？悬宕着的事情确实消失不见，却需要重新整理房间，因为都是粉末，好像，更难整理了。戴恩伸手压低帽檐。直到他看见学姐将那个纸袋丢进转角的大垃圾桶，叶有慧稍微地停下脚步，戴恩也跟着停下脚步，他才惊觉，就算有所遮掩，能够被遮掩的也只有自己的脸，只要她心里一皱，他仍会没有任何犹豫地就来到她身边。虽然不是她面前。单向的真心实在太脆弱。

"你今天没上班吗？"叶有慧半躺着仰在咖啡色破

皮的沙发上，电话开着扩音放在沙发背上。电话接通后，她随意地闲聊，假装没什么事情值得他们尴尬，一手顺势抓起一个抱枕往腹部放，心里想着今天看见的抖着左脚的人，和他戴的那顶棕橘色渔夫帽，是戴恩吧。

"昨天出差太累了，今天请假。"戴恩盯着桌上随手捡的渔夫帽。

"工作会不会很辛苦啊你？"叶有慧问。

"所有的工作都是辛苦的。"戴恩说，"麻烦的事情可以轮流承担，但是每个人都还是有自己的辛苦。"叶有慧觉得自己可以想象得到戴恩温暖的表情，天花板的壁癌好像没有那么狰狞了。

"感觉你过得很不错啊。"

"是还不错，我去考了研究所，商管相关的，去年刚毕业。"

"你好像……变得很明确。"

"你记得我很久前去小区大学打工吗？"

"记得。"

"有一次我遇到一个老师，那个老师每次都是准时到，那天不知道为什么提早到了，我在那里帮他印讲义，他忽然说，'同学，你在这里打工一年多了哦。'我看了一下四周，没有人，应该是在跟我讲话，就看向他点了点头。他一边吃便当一边接着问我，'你有想过这份工要做多久吗？'我摇摇头。他继续问，'那……你有想过你一周，或是说一个月、一年会在这份工作上花多少时间吗？'我还是摇摇头。最后他跟我说，'打工没有不好，我年轻时也打过工，但你可以多想想这些问题，生命是靠问题推进的。'"

"生命是靠问题推进的……"

"对，我后来一直在想这句话，虽然不确定自己有没有想通，但当我试图去发现和解决自己的问题，我好像就知道自己应该要做些什么了。"例如那时候其实只是想要避开自己的感情，找一件事情转移对你的注意力。戴恩当然没有把后面这句话说出来。

"但是，要怎么面对我不能改变的事？"

"改变你能改变的事。"

叶有慧没有说话。

"叶有慧，你不要害怕成为别人的负担。"戴恩的心里正想着那袋被丢掉的红色绒布，虽然当时叶有慧背对着他。他不敢想象她的表情，他怕自己会太心疼。还好她背对着他。叶有慧仍然没有说话，在戴恩看不到的地方，她慢慢红了眼眶——原来我不想要依赖任何人，是因为我害怕自己成为别人的负担吗？

"爱里面本来就包含负担。"戴恩说。

"但是，"叶有慧边说边翻了个身，变成面对着沙发背，"负担里面不一定包含爱。"

这次换戴恩没有说话了。

"对不起，戴恩。"

"嗯？"

"我不能跟你做爱。"

"我知道。"

"你不知道。"那是因为我们之间有爱。只是暂时，我们先不要去分类。"我只能跟我不爱的人发生关系。"无论是哪一种爱，失衡了就会像失去。"所以，戴恩，"叶有慧继续说道，"把你今天戴的那顶渔夫帽丢了吧，那不适合你。"

叶有慧想到妈妈以前说过的：不对的事情会让很棒的心意变不见。可是，长大后除了不对的事情，自己无力面对、无所适从的事情，也会让很棒的心意变不见。很棒的心意，要怎么留下、怎么传达，才会保持它最初的美好模样呢？心意的路径有时候是心，有时候是时间，有时候则没有路径，它会安静地在自己身上沉睡，变成不为人知的一部分，当某一天它在眼睛醒来，才会知道眼睛是无法回避的叛者，那些口没有说的话，眼睛会替自己说完。所以我们不能见面。因为不想欺瞒，但又不敢对视。

戴恩捂着嘴巴，眼神凝重，说不出话。

"你觉得，人跟人之间跨不过去的是什么？"戴恩深呼吸一口气。

"是寂寞吧。我们要先跨过自己的寂寞，才能抵达对方。"

"有时候抵达的也不是对方，而是对方的寂寞。"戴恩说。

这些年他很努力地改变自己，但有些地方，就是改变不了。

我想你是爱我的　我猜你也舍不得

但是怎么说　总觉得

我们之间留了太多空白格

从昨天晚上无意间听见便利商店里广播播到的那首歌后，戴恩的脑海里就不断地响着。

　　也许你不是我的　　爱你却又该割舍

　　分开或许是选择　　但它也可能是我们的缘分

感到寂寞的时候，胸口竟是那么热。

很久以前，叶有慧曾告诉戴恩："我觉得我这一辈子都在下大雨。"戴恩闭上眼睛，想起几天前在网络上看到的一段话：

　　如果是在大雨里遇见你的，你就回到大雨里去吧。请不要变成阳光下的记忆，否则从此，无论太阳再大，我的心都会是潮湿的。

情深之初，爱和欲还未遇见。我和你还未分别。

叶有慧将身子翻正，眼神移回天花板上的壁癌。几分钟后，手机出现震动的嗞嗞声，她伸手去拿，是戴恩传来的消息：

> 现在的我想起难过的事情时，温暖的感觉都会多于疼痛的感觉，大概是因为遇到温暖的人多更多。像你就是其中一个。

叶有慧泛红的眼眶终于流下眼泪。

她的鼻子发酸，脸颊正感受着眼泪的温暖。

06

永生
鸟

你为什么

要吃过期的东西？

丽芬婚纱店在市中心外围的小巷子里，叶有慧盯着手机上的定位，直到看见亮色背景、白字的招牌，用华康行楷体写着"丽芬婚纱店"。招牌的正下方是一家小吃店，小吃店隔壁是一家药店。地图上的定位显示应该不会错，但是这里并没有任何橱窗之类的陈设，叶有慧纳闷地走近小吃店，才发现在药店和小吃店中间有一扇门，门上面贴着一张塑封过的纸，写着"丽芬婚纱店　请下楼"。那张塑封纸有些破损，上面有一层薄薄的灰尘。原来在地下室。叶有慧推开门走进去，沿着公寓的旧式楼梯往下走。

接着有一个比较宽敞的外玄关，与里面隔着一面玻璃门，玻璃门上贴着红色的字"丽芬婚纱"，当叶有慧打开玻璃门时，玻璃门上的铃铛发出清脆的声响。一股塑料袋混合灰尘的味道迎上来，老板娘坐在小柜台里的竹椅上，戴着老花眼镜，用眼前的电子平板在看韩剧。一听见铃铛声，便抬头看了叶有慧一眼："妹妹，看婚纱吗？"一边把老花眼镜拿下来，老花眼镜后方有一条金色的金属链，让眼镜可以直接挂在脖子上。老板娘夹着粉色鲨鱼夹，穿着大红色的衣服，上面有许多亮片，和一件七分长的黑色紧身裤，有明显的小腹。

"嗯。"叶有慧点点头。

"来，我来跟你介绍。"老板娘侧身走出小柜台，整个空间非常拥挤，像是西门町租借表演服饰的出租店，只是两侧挂着的全是廉价婚纱，还有很强的冷气。"我们婚纱分两个价位，一千八跟三千，基本上你看到的全部都是三千，"老板娘边说边指着狭长的两侧，"右边这三间房间里面也都是，只有最外面这间是一千八的，就是比较便宜的啦，其他都是三千，左边是厕所和更衣室，你自己先看看。"另一只手则撑在自己的腰际："哦，也是有几件比较贵的，五千到一万左右，在最里面，是一些名牌改过的或人家不要了、瑕疵品卖过来的，但很少量，你有需要再跟我讲。"叶有慧轻轻地点点头。

"不要害羞啦，我们这边很多客人都是像你这种很年轻就结婚的，这种平价婚纱没有不好啊，太贵的买了只穿一次也很浪费，像这种，你买了就可以一直拥有它，两三千块的，也不会说太浪费钱。"老板娘看叶有慧翻弄婚纱的动作很是生涩，再次戴起眼镜，忍不住说道。

"阿姨，不是我要结婚啦。"叶有慧露出那种想要化解尴尬的可爱笑容，带点高级奶油的语调。老板娘看不见，她的眼睛没有笑。

"你要参加朋友的婚礼哦？"

"是我爸的。"叶有慧翻起其中一件杏色的一字领小礼服，刻意但自然地说出"我爸"这两个字。就像女人曾经刻意地向陌生人说出"我是小慧的阿姨"，都是想要向一个无关紧要的陌生人练习表述事实。虽然女人这么说的时候叶有慧并不在场。不需要谁来指认，她们已经在重叠的生活里有了相似的模样。

"你爸……"老板娘伸起右手将眼镜右边的镜脚微微下拉，没有隔着镜片的双眼直视着叶有慧，"他再娶哦？"叶有慧没有答话，过了几秒钟后，老板娘的手仍放在右侧的镜脚上，左手也仍然撑在腰际，眼神没有移开："你也是很辛苦欸，你要不要直接挑五千的，阿姨算你便宜一点啦。"接着将眼镜上推至鼻梁，径自往前走，有意要带叶有慧去最里面的房间。

"不用啦，谢谢阿姨。"她希望被感觉特别，但又觉得他不是值得自己去表现特别的人。叶有慧站在原地："我想看看这件可以吗？"她指了指那件杏色一字领的小礼服，口吻仍带着奶油的味道，甜甜腻腻。

"可以啊，那件还有粉红色和白色，你要不要一起看？"老板娘见状便回过身走向叶有慧。

"没关系，这件就好。"叶有慧说。

"妹妹你肤色很白，白色或粉红色都很适合欸。"老板娘看了她身上的白色小洋装一眼，然后翻出挂在旁边的另外两件，它们被挤压在后排，翻出来的时候有着挤压许久的皱褶，老板娘拉起粉红色的那一件在叶有慧面前衬了衬。

"谢谢阿姨，但我不喜欢粉红色。"叶有慧仍是那个甜腻腻、皮笑肉不笑的笑容。刚刚学姐身上穿的就是粉红色。

"是哦，很可惜欸，好啦，那你去试试看这一件。"老板娘将杏色的那一件拿下来，递给叶有慧。叶有慧没有再试其他款式，这件是三千元的，就算早上吃过了高级的奶油，还是只能穿上廉价的衣服，会不会是沾到一夜情男子的廉价口水呢？叶有慧自顾自地苦笑。老板娘算她两千五，没有整烫，也没有装进特殊大小的婚纱包，直接用手简单地环绕几圈，然后放进大型的桃红色塑料袋里，在她递出两千五百元的钞票之后，她将塑料袋接过手。祝福就是这么一回事，能给出的最好的，有时候还是很廉价。

　　叶有慧第一次单独见到叶智荣，是在一个小公园里。智芬姑姑传来短信，说有东西要拿给她，但是最近比较忙，想请叶智荣转交。叶有慧知道是借口，她没有拒绝，虽然在面包店见过一次叶智荣后，也没有多一点好感。这是既定印象的困境，调整认知的情绪成本太高，索性继续讨厌下去。那时候的叶有慧刚开始学着打扮自己，脸上扑着厚厚的粉，两条眉毛画得像是毛毛虫，外套里面是类似陈宁学姐有一次穿的浅色针织小洋装，小洋装是戴恩陪她去夜市口买的。比起紧张，叶有慧心里更多的是一股无以名状的怨气。

　　叶智荣身上的浅灰色西装被烫得平整，他的身形干瘪，肩线却非常合身，明显是定制的高级西装，只是走近时会看见袖口有一些小毛球。他脚上穿的不是一般的标准版皮鞋，侧边有金属扣，鞋面没有上油，皮质的部分除了发皱以外还有些剥落。叶有慧不知道那叫作孟克鞋。他朝叶有慧走过来，没有多做确认或多说什么，只是皱着眉，把一个纸袋往前递。叶有慧坐在公园里的石椅上，跷着脚，手指夹着一根烟，眼神冷漠地看着他，才发现叶智荣的西装里穿的不是白衬衫，而是一件微微发黄的白色 T 恤。

"你坐吧。"叶有慧说。她没有接过那个纸袋。又是那个纸袋。

叶智荣的手僵持在那里，叶有慧看见叶智荣的手有一些粗糙。见叶有慧没有要接过纸袋，叶智荣在叶有慧左侧的空位坐下，把纸袋放在两个人中间。坐下的时候叶有慧看见他脚上穿着白色袜子，袜口的地方已经失去弹性，而且也有点泛黄。

"你袜子穿白的哦？"叶有慧说。

叶智荣看了一眼自己脚上的袜子，因为深色的袜子都还没晒干，他索性就拿了双白袜子。叶智荣看向前方，前方有一个小沙地，沙地里是两个秋千，一个孩子跟一个母亲在那里玩耍，旁边是一个没有人玩的彩色溜滑梯。"你没有看过小时候的我吧。"叶有慧说，"就是那样。"叶智荣以为她指的是前方的母女。"我不是说那对母女哦。"叶有慧看了叶智荣一眼，"我是说那个溜滑梯，但我不是彩色的。应该没有人天生就是彩色的。"

叶智荣有点尴尬，不太懂她的意思。

"跟你开玩笑的。"叶有慧露出有点轻蔑的眼神，叶智荣仍不知道自己应该以什么表情响应她。"但也不是什么都能开玩笑。"叶有慧吸了一口烟再吐出，"像是，有一种东西无论如何都杀不死，你知道是什么吗？"她专注地看着叶智荣，右手夹着烟，嘴角还有一小团白雾，这让西装笔挺的叶智荣为自己的一身打扮感到沮丧，他觉得自己除了可以与叶有慧吸进同一口二手烟之外，他们的世界制造不出任何交集。以前跟老板们抽烟的时候，一团一团白雾像是能把彼此框在一起，当抽烟的是叶有慧时，却像是画出了两个世界。叶智荣很安静，一直皱着眉头。"是血缘。"叶有慧说，然后把原本有点轻蔑的眼神移向远方。轻蔑位于远处的企盼，总比轻蔑自己的父亲容易。

　　叶有慧又抽了一口，然后把烟蒂丢在地上，用脚上已经变形的运动鞋用力地踩了踩，毫不理会叶智荣的表情，她抬头望向天空："在名为亲人的天空下，我们都是永生鸟。"叶智荣也看向天空，因为刺眼的太阳而眯起眼睛。"这是我之前在书里读到的。"叶有慧说，"意思不是我们不会死，而是，就算我把我自己杀死了，我也永远是你的孩子。"

　　"你很讨厌我。"这是叶智荣说的第一句话。

　　"我不讨厌你啊。"叶有慧笑了出来，口吻像是在跟明天就变回陌生人的一夜情对象说话，"没有感情，怎么会讨厌?”叶有慧站起身，犹豫了一下，还是拿起了那个纸袋，噘起嘴随口地说:“真的不懂为什么只送这一家的衣服。”

叶智荣看向叶有慧:“你不喜欢吗?”

“没有感情，也不会喜欢。”叶有慧说，轻蔑的笑容仍在嘴角，“你喜欢校园民谣吗?”

“什么?”叶智荣一时之间没有反应过来。

“你喜欢的音乐是什么?”叶有慧又问了一句。叶智荣想了一会儿，正准备回答，但是叶有慧并没有给他开口的机会:“你看，我连你喜欢什么音乐都不知道。我看……”叶有慧说，“衣服还是还你吧。”边将纸袋放回叶智荣身边，里面装了什么，她看都没有看。因为就算她穿上他给的衣服，她也无法感觉到自己是他的孩子。虽然纸袋拿起来有一点重量，很明显里面不是只有衣服，但她不在意。

“都是叶家人，你跟智芬姑姑也差太多了。”离开前叶有慧刻意地上下打量叶智荣，"智芬姑姑没告诉你穿皮鞋要配深色的袜子吗？"叶有慧以为把这些难堪的话说出来，就会好过一点，不知道为什么心还是苦苦的。她离开的时候没有回头。发泄的话在说出来的瞬间会有一股快感，快感越强烈，日后越容易后悔。

叶智荣坐在石椅上，低头将纸袋打开，里面除了衣服，还有几张西城男孩的专辑，和几本有着西城男孩的杂志。除了衣服以外，这些是叶智荣自己准备的，因为有一次叶智芬说，"欸，有慧好像喜欢西城男孩。"

女人坐在餐桌前看着刚刚买的三十只水饺。那是三人份的晚餐，虽然叶有慧今天应该不会回来。她改不掉。女人试着吃得比平常多，但是已经太饱，忍不住一股呕吐感。如果是孕吐就好了。有时候女人还是会兴起这个念头。尤其在叶有慧搬出去之后，这个念头更频繁地出现。如果叶有慧是自己的亲生女儿，会不会比较愿意常常回来呢？如果没有叶有慧，现在这个只有她与男人的生活，也许就是她这二十多年来的生活。每每想到这里，呕吐感总会更强烈。

女人知道叶有慧有一天会离开。从叶智芬第一次联系她的时候。她希望叶有慧主动表示"我不会走的"，因为她知道自己不会强硬地留下叶有慧。可是那一天，就像压倒骆驼的最后一根稻草。"智芬姑姑好聪明，一眼就能看出床哪里有问题。"叶有慧在搬出去几天后回家时，跟女人闲聊着叶智芬来租屋处时的状况。

女人说："那你有跟房东反映吗？"

叶有慧摇摇头："不是那种问题。"她没有想要再说下去。

"那是什么问题啊？"女人问。叶有慧没有说话，自顾自地看着电视。女人走进厨房再走出来："我找一天去看看你住的地方吧。"

"啧。"叶有慧不耐烦地说，"床没有问题啦。"

"我不是要去看床的。"女人说。

　　然后相约那一天，她们为某件小事起了争执，电话那头叶有慧吼着："你不需要再对我好了，我不需要你对我好。"女人站在公司的茶水间里，听见叶有慧挂上电话。她将手机收进口袋，然后打开小水槽里的水龙头，用力地清洗双手，像是想要把刚刚接收到的消息洗掉。"反正你也不是我妈。"叶有慧是想说这句话吗？女人觉得手好像怎么洗都洗不干净。

　　那天下午女人难得地向公司请了假，虽然没有再次确认相约的时间，女人找到叶有慧之前传来的地址，她决定提早过去等叶有慧。她买了两块千层蛋糕，想着也许能一起吃个晚餐，晚餐后再一起吃甜点。叶有慧喜欢千层蛋糕，让她拥有一整块吧。女人想着。

　　可是女人没有等到叶有慧。她跟着某一个住户进到公寓内，然后坐在公寓的水泥楼梯上，公寓的窗户很小，看出去的风景从蓝色的天空慢慢变成粉橘色的

天空。叶有慧可能有别的安排了吧。女人打开装着蛋
糕的盒子，一口一口慢慢地将其中一块吃完。她细心
地拿出纸巾，将剩下的那一块摆正，同时将纸盒旁边
的奶油擦拭干净，让盒子里看起来本来就只有一块蛋
糕。女人把吃完的那一张铝箔纸揉成一颗小球，丢进
外套口袋。她们的人生，本来就都只有自己一个。

　　那天之后，女人越来越频繁地向公司请假，每一
次请假，她都会睡到中午，然后打开冰箱，没拿出什
么，又再关上。女人的冰箱里塞满她喜欢吃的东西，
忘了从什么时候开始，她需要"能够随时吃到喜欢的
东西"的确定感。有些也不一定是非要不可的喜欢，
可能只是经过某家小吃店，吃到了好吃的嘴边肉，就
外带一份，装在小小的塑料袋里，用粉红色的塑料绳
束口，想着明天或后天可以热来吃，然后就混杂在生
熟食不分的冰箱里，没有再拿出来。

　　异状严重的时候，女人会煮过期或有一点发霉的

食物来吃。她没有办法丢掉那些食物，因为那是她选择带回来的。她的味觉似乎随着某个东西消失了。直到身体慢慢出了状况，需要频繁地向公司请假，先生终于才传出这条短信："最近忙吗？回家看看你妈吧。"他用了"你妈"这两个字，好像自己并不在这段关系里。

叶有慧收到短信时，才意识到在见过叶智荣后，她已经将近半年没有回去。

家里原本已有许多杂物，现在更堆得乱七八糟，窗户应该很久没开了，一走进门时有一股莫名被闷住的味道，原本采光不算太差的小客厅变得灰暗暗的，窗帘大概也有好一段时间没有拉开。叶有慧伸手去拉开窗帘，细小的灰尘在阳光下轻飘飘地旋转，她打了几个喷嚏。女人的拖鞋声慢慢靠近："你回来啦？"

叶有慧转过身看向女人。"工作很累吗？"她说。

"还好。"女人说。在这个世界上活得久了，累的哪会是一件小事，累人的总是那无法被拔除的、无数不经意就左右着自己的小刺。

女人走近冰箱，拿出一袋鸡汤，心里想着叶有慧在外面生活，营养不一定均衡。叶有慧并不知道女人堆积食物的状况已经严重到甚至会吃过期的食物。所以当女人将鸡汤热好、装在小小的瓷碗里推到叶有慧面前时，叶有慧才从冒着的白烟中闻到一股酸酸的味道。

"这过期了吧？"叶有慧说。

女人眼神迷茫，有点发愣地说："应该还可以喝。"

"这过期了。"叶有慧又说了一次，眼睛盯着碗里面的鸡肉块和漂浮在汤汁表层厚厚的鸡油。她随意地用汤匙翻动。为什么我拥有的是这种爱。

"你不喝，我喝。"女人的语气突然有了怒意，她走上前，站在叶有慧面前，拿起小瓷碗，直接以口就着碗沿喝了起来，汤的温度不完全烫口，热热地从女人的食道流进肚子里。叶有慧没有阻止。她不知道女人是怎么回事。

"你为什么要吃过期的东西？"叶有慧仰着头，盯着女人。女人的眼睛红红的，她继续喝，没有回答。"我说，"叶有慧又说了一次，音量明显变大，"你为什么要吃过期的东西？"女人流下眼泪，肚子里热热的，但她没有感觉到温暖。叶有慧没有哭，因为她很生气。

叶有慧站起身，走向客厅其中一个橱柜，她在杂物堆中翻找，想找到任何一张校园民谣的光盘。如果女人曾经以为这个可以安慰女儿，那就表示女人也曾经以此安慰自己。但是叶有慧找不到，家里太乱了。空间是人心的延伸。叶有慧现在已经找不到女人心里柔软的那一块。当终于知道那份别扭的付出就是爱的时候，身体里也有了无法被一首歌化解的伤心。到底是伤心改变了我们比较多，还是爱改变了我们比较多。叶有慧想不透，她只知道有时候伤心就是会大获全胜，谈爱反而拗口。

二〇〇九年四月，歌手阿桑因癌离世。叶有慧一个人坐在六楼的小客厅，看着这则新闻，新闻上播的几乎都是《叶子》那首歌的 MV 画面。她顺手拿了一个抱枕，抱在胸前。这个抱枕原本是戴恩最喜欢的，上个月搬走时他没有带走，不知道是不是故意的。也不知道是不是因为这个消息，昨天又跑去偷听合唱团练唱的时候，他们也在唱《叶子》。这些事情对于叶有慧不算近也不算远，在面包店打工时不时会听见广播里的新闻和歌曲，但她好像从来没有仔细思考过自己喜欢什么样的音乐。叶有慧随意地转换着新闻频道，直到听见《寂寞在唱歌》，她停了下来。这首歌很耳熟。是戴恩的来电答铃。那天晚上叶有慧的 MP3 播放器里，反复地播着这首歌。

几个月后，叶有慧再次见到叶智荣，将近一年后见到他，他的第一句话是："我今天穿了黑色的袜子。"
这让叶有慧笑了出来，不是快乐的那种笑。叶智荣换
了一双新皮鞋，西装跟上次是同一套，仍然合身，也
仍然有着毛球。叶有慧实在看不懂，为什么有了一套
高级定制西装，不好好保养却要穿着来见她。

　　叶智荣跟叶有慧约在一间茶楼门口，这次他提早
到了，驼着背坐在门口的长木凳上，长木凳上有一个
大大的尼龙袋子和一个中型密封的牛皮纸袋。叶智荣
没有立刻站起来，他希望叶有慧看见他的黑色袜子。
他当然知道要穿黑色袜子，他曾经是跟大老板们谈生
意的人。这间茶楼就是叶智荣以前谈生意时常来的，
他想把自己喜欢的菜色分享给叶有慧。或是说，他相
信坐在里面说话，自己会感到自在一点，那是他曾经
叱咤风云的场域。

　　"你的工作需要穿西装吗？"叶有慧问，她不懂为
什么叶智荣一定要把自己塞进那套西装里。叶智荣没

有说话。想要被知道曾经是的。这该怎么回答。叶有慧的表情忽然变得严肃，吼了一句："到底为什么要一直给我衣服？"叶智荣抬起头看向叶有慧。叶有慧的眼睛里有混乱的哀伤，在那份哀伤里叶智荣感觉得到，自己占的比例很少。

"我不想要你被看不起。"叶智荣说。口吻诚恳得令叶有慧诧异。从她开始困惑自己是谁，第一个发现的就是工整的纸袋，一年又一年，一袋又一袋，里面除了装着一个人的内疚，原来也装了他的自卑吗？而当她开始分辨纸袋里的衣服与自己身上、女人身上、智芬姑姑、学姐、戴恩身上的衣服时，在无形之间，叶有慧也开始惯于以此分类他人。一切都是从他送来的纸袋开始的。他现在竟然说，不想要自己被看不起吗？叶有慧肚子那股无以名状的怒意强烈地翻滚。她终于看见自己纯真的快乐是被这些差异消磨掉的。可是这个世界上，谁不是从差异中分辨自己是哪一种人。

　　叶有慧眼神定定地看着叶智荣，这大概是他们第一次这么直接而明确地对视："你不需要再穿成这样来看我。"她冷静地说。我从不需要你体面地来见我，我只要你来见我。这句话她没有说出来。叶智荣看了叶有慧好一会儿才低下头。他只是很努力地想要拥有那些曾经说好要证明给谁看的模样。

　　事实上这一次叶智荣的两个袋子里都没有装衣服，因为上一次他发现叶有慧脸上还不纯熟的妆容，也许她还在尝试自己想要的模样，所以身上也没有穿着他曾给过的衣服，甚至并没有把他新准备的衣服带走。也许叶有慧并不想要他给她的模样。

　　"你喜欢喝鸡汤吗？"叶智荣说，"我加了一点米酒。"他身边大大的尼龙袋里装着今天早上煮好的鸡汤。鸡汤装在一个有玻璃盖的铁锅子里，铁锅子用一个塑料袋装着，塑料袋外面再套一个大的尼龙袋。叶有慧一时之间有点反应不过来。"油我已经沥掉了。"

叶智荣补充。鸡汤需要沥油吗？她偷偷瞄了一眼袋子里的鸡汤。叶智荣双手摸了摸袋子的两侧。"还温温的。"他说。

叶有慧将眼神移回前方的地板。茶楼前面没有游乐设施，而是一条四车道的柏油路，车声轰隆轰隆，只有在红灯的时候会稍微变得安静。

"有一个歌手叫作阿桑，她前阵子死掉了。"叶有慧说。

"我知道。"叶智荣努力地想要让这次的对话变得积极。

"她死掉了我才开始喜欢她的歌，我觉得我好像太晚开始喜欢她了。"叶有慧说，然后转头看向叶智荣，"你也是，你也太晚开始喜欢我了。"红灯了，一切都安静下来。叶智荣认真地看着叶有慧，不知道该接什么话。原来她不喜欢西城男孩了，叶智荣伸手摸了摸那个密封的牛皮纸袋，西城男孩的专辑和杂志都在里面。没有共同生活，这一点点小事也会错过。叶有慧看到那个牛皮纸袋了，看起来不像是装着衣服。"那个也是要给我的吗？"她问。

"不是。"叶智荣说，然后低下头。绿灯亮了，耳边又响起轰隆轰隆的声音。

那天他们没有进去茶楼用餐，叶有慧借口说鸡汤不要久放，赶紧带回家好，于是拎着重重的尼龙袋子就离开了。叶智荣虽然觉得惋惜，心底也同时松一口气，他怕茶楼变了，他也变了。而听到叶有慧口里说出"家"这个字的时候，他的心缩了一下。叶有慧每一次都会提到死这个字。是不是因为活着的人们也无法让死掉的东西复生，只能独自、继续活下去。

智芬姑姑不喜欢那件一字领的小礼服，执意要带叶有慧去买一件小洋装。见面时，智芬姑姑手上拿着两杯饮料，一杯美式冰咖啡，一杯冰鲜奶茶。智芬姑姑说冰鲜奶茶是要给她的："但是等等试衣服的地方不能喝东西哦。"一边小心提醒。叶有慧接过饮料,不知道该不该现在就插上吸管,在智芬姑姑身边好像永远有无法安放的东西。

买小洋装的地方不在百货公司里,跟叶有慧的想象有一点落差,在闹区后面的小巷子。"这是设计师定制服。"智芬姑姑解释,"相同的款式可以修改成适合不同体态的人。"叶有慧点点头,表示自己听进去了。一楼是明亮的店面,简约的浅木色和白色装潢,二楼则是定制区,一走进去就有穿着白色制服的服务人员上前递上柔软的皮质拖鞋,服务人员脸上有精致的妆容。脱下鞋子后,叶有慧迅速地穿上拖鞋,她不知道今天会需要脱鞋子,脚上穿着的是卡通图案的短袜,脚趾的部分破了两个洞,她不想让智芬姑姑看见。

"海心到了吗?"智芬姑姑熟悉地换上拖鞋,将另外一杯美式冰咖啡递给服务人员,"这个先放在柜台好了,等等再给她。"

"她已经在二楼了。"服务人员说。

"走吧。"智芬姑姑回过头看了叶有慧一眼，"别担心，自在一点。"叶有慧露出礼貌的笑容，她的脚趾在拖鞋里面缩成一团，不敢碰到拖鞋柔软的皮质触感。这是叶有慧第一次见到俞海心，她的心脏怦怦地跳。这个女生跟她在同一年出生，来自同一个家庭，至少血缘上是。

叶有慧跟在智芬姑姑后面，二楼有好几个房间，服务人员领着她们走进其中一个房间，里面有一张浅灰色的绒布小沙发，小沙发前是一面浅米色的布帘，上面有 L 形的滑轨，帘子现在是拉上的，俞海心正在里面换衣服。智芬姑姑拍了拍小沙发："有慧，坐。等等换你。"

"我妈来了！"俞海心的声音响亮。她在拉开布帘以前，做了一个没有人看得见的深呼吸，只有短短三秒，像是在维持脸上的表情。她听见了"有慧"两个字，她知道今天会见到她。俞海心想避开自己看过叶有慧跟其他男子亲热画面的尴尬。布帘唰的一声被拉开，叶有慧直觉地低下头不敢看她。"我就说不要鹅黄色，你看这件不是好多了吗？"俞海心看着智芬姑姑，口吻淘气，十足是个活泼的二十三岁女孩。此时叶有慧才慢慢抬起头看向俞海心，她发现俞海心跟她的想象不太一样，有点古铜色的肌肤，四肢匀称，不同于自己干瘪的身形，应该有定期跑健身房。

"你的冰美式我先放在一楼。"智芬姑姑一直都没有坐下，笑脸盈盈地看着俞海心，"这是有慧。"俞海心自然地看向叶有慧，露出亲切的笑容："你好。"她说。"你好。"叶有慧有点别扭地说。

明明是如此平凡的问候，叶有慧不知道为什么一直心悸着。直到智芬姑姑为她选了几件小洋装，她脱下拖鞋，脚踩上帘子下的长毛地毯时，俞海心喊了那句："哇！你也喜欢三眼怪吗？"叶有慧才知道，她渴望在自己跟俞海心之间找到任何一点点相似的连结。

"妈，有慧也喜欢三眼怪。"俞海心兴奋地向智芬姑姑说，然后转过头来看向叶有慧，"我也喜欢三眼怪哦。"她先看见的不是那两个破洞和叶有慧露出的脚趾。叶有慧的心悸稍微缓了下来。她不知道这是俞海心善于保护秘密的表现。

叶有慧换了五件，第五件的时候智芬姑姑才满意地点点头，她上前去，然后倾身再次微调腰带，像是确认的动作："你太瘦啦。"智芬姑姑说。"多吃一点。"然后再退后两步，"小姐，可以借我一副耳环和一双高跟鞋吗？"服务人员点点头："好的，请稍等一下。"

叶有慧终于被打扮好，智芬姑姑满意的表情才加上了笑容。"你这样漂亮多了。"她边说边再次上前，替叶有慧整理了一下耳环的位置，然后淡淡地说，"你呀，不要表现得像是没有人爱的孩子。"叶有慧没有说话。她静静地站在那里，从更大面的全身镜中看着自己，和背对着镜子在替她整理洋装的智芬姑姑的背影，智芬姑姑发旋中的白发她都看见了，但她看不见智芬姑姑的表情。

叶有慧想起女人这几年时不时端上桌的过期的食物，蛋糕、甜汤、小菜、卤肉饭。有时候她会拒绝，过期的味道不太明显的时候，她会跟女人一起吃。老实说，叶有慧也不确定是不是每一样食物都过期了。过期这件事会有一个明确的时间点吗？

叶有慧借口说要去上厕所，然后站在小房间外拿起那杯冰鲜奶茶。女人不曾买过鲜奶茶，她总说鲜奶茶比较贵。叶有慧没有打开来喝，只是晃了晃手上的外带杯，冰块的碰撞声还很清楚。

叶有慧是故意的，她把那件精致的定制洋装带回家而不是租屋处，挂在房间显眼的地方。故意让女人开口问她："那是智芬姑姑带你去买的吗？"然后，叶有慧就可以释放出准备好要发泄的气，说出类似，对啊,你又买不起,这种话。但当女人这么问时,她还是没有说出口。

每一次碗里出现酸酸的食物和过期的味道时,智芬姑姑说的那句"不要表现得像是没有人爱的孩子"就会冒出来。接着叶有慧变得更频繁地想起叶智荣给的鸡汤,从几年前第一次她亲自收下后,高级的纸袋就变成了一个一个大尼龙袋,一年约莫一到两次,下次见面再把上一次的锅子还给他。那是叶智荣给过叶有慧最热的东西。叶有慧常常看着没有太多油渍的碗,沥过鸡油的鸡汤原来长这样。他弄了很久吗?叶有慧偶尔会好奇,但是没有开口问过。这是被爱的样子吗?

"我晚餐要出去吃。"叶有慧说。

"跟智芬姑姑吗?"女人问。

"在巷口而已。"

"为什么不在家里吃?"

"家里的东西能吃吗？"叶有慧忍不住激动了起来。女人静静地看着燃气灶上的一锅咖喱。

"这是我今天煮的。"女人说。

"那里面的肉呢？是你今天去买的吗？"叶有慧回过头看了女人一眼，"你煮的所有东西我都不想吃。"

厨房随着夕阳落下，只有昏黄的光线，女人没有看向叶有慧。"抽屉里还有钱，不够的话自己拿。"她说。

叶有慧没有打开女人说的那个抽屉，只是用力地将门打开，再"砰"的一声将门关上。是不是越渴望被爱拯救，越可能被爱伤害。叶有慧咬着牙，想到上周也是因为过期的食物跟女人吵架时，女人说的那句："不是只有你有受伤的感觉，你的妈妈也是受伤了才生下你的。"叶有慧只冷冷地回了一句："所以才生下了受伤的我吗？"夏天的燥热也延烧着情绪，叶有慧最后去了附近的便利商店随便吃了几种微波食品。同时想起那天她忍了很久终于问出的那句："所以我到底是谁的孩子？"女人缓缓低下头，她背对着叶有慧："孩子不属于父母，父母也不属于孩子。"叶有慧意识到自己不应该问出这个问题，但是已经来不及了。她看着女人站在厨房的背影，女人做出伸手去抹眼角的动作："我们拥有和彼此的关系，但我们不属于对方。你是你自己的。"

原来，现实的不是谁是坏人，而是谁无法改变。

她身上流着谁的血液，无法改变。她曾和谁一起生活，无法改变。当叶有慧伸出双手，能够触及到的生活最远、最深的地方，就算只是这一个小公寓、这一个小厨房，也无法改变。

叶有慧看着眼前便利商店的微波食品，同时想着女人煮着的过期的食物。该怎么才能好好吃一顿饭？

回到家后，家里弥漫着咖喱的香味，女人窝在沙发上睡着了，手边是一张旧旧的纸，叶有慧走近看了一会儿，觉得有点眼熟，一时想不起来。她拿起那张纸，才慢慢记起，这是她初经来的时候，女人跟她一起写的信。女人说那天可以不用上学，她们对坐在小餐桌边，当时她还嘲笑女人，你也要写给二十岁的自己哦，可是你已经超过二十岁很久了欸。信里只写了一句话：

美如，那时候如果知道有今天，就会再把你抱得更紧一点点。

叶有慧记得美如这个名字，在那张已经发皱的便利贴上。李美如是生下她的人。曾经她迫切地想要厘清自己的开始，但此刻她却觉得美如这两个字很是陌生，反倒是女人写的"就会再把你抱得更紧一点点"，让叶有慧觉得酸涩又熟悉。她知道女人的拥抱是什么模样。只是她不愿意去想起。

当失去愿意的心，其实就是失去这个人了。宽容与伤心交叠地缠绕在爱的尾巴上，叶有慧几乎要相信，若要继续活下去，就得剪掉这条尾巴。可是当叶有慧看着那封信，她同时意识到自己在女人怀里也是一只永生鸟。如果有一天她把自己杀死了，自己与女人之间发生过的所有事情，仍永远在那里。

世上所谓的永远，指的原来不是未来，而是过去。

07

把　秘密
葬在
舌根

自尊是

秘密发芽的地方。

俞海心善于保护秘密。

大舅舅叶智荣寄来两封红色的请帖，上面有烫金的字，不是那种厚磅数的高级纸，反而偏薄，烫金的字也并不精致工整，像大舅舅说话的口吻，有含糊的感觉。俞海心不见怪。这不是大舅舅第一次结婚。倒是母亲，忙起来就像是第一次为大舅舅办婚礼，母亲积极地想要帮大家定制一套全家服，说是这样才体面。"难道整个叶家穿的你都要去定制吗？谁知道会不会有下一次？"约略是听到父亲的这句话，母亲才打消定制全家服的念头，只偷偷地带俞海心去订了一件小洋装。

在俞海心的印象中，母亲与大舅舅叶智荣的关系很紧密。小时候，母亲常常在接到一通电话后，就走出家门，站在家门前的小花圃皱着眉头讲电话。原本的家庭电影时光看似要被影响了，父亲却会若无其事地坐在沙发上，专心地继续看着电视屏幕上播送的电影，表情看起来很坚定，像是把自己和妻子当作这个屋檐下两只结实的脚，如果有一只站得累了，另一只要使上更多的力才能不被肩膀上的女儿发现异状。这时候父亲会问她，要不要喝果汁。俞海心会模仿父亲的表情，按捺住好奇心不望向窗外，并努力地想着，窗外与窗内只隔着一层厚玻璃与母亲喜欢的盆栽，异状一定在更远的地方。不会在这里的，这里是我们家的小花圃呀。忘了是哪一次，俞海心终于知道电话那头是大舅舅，那一次之后每当她回想起和父亲一起看电影的时光，才意识到，父亲当时动也不动地看着电影的神情并不是坚定，而是冷漠。

母亲很少有把电影看完的时候，却总会对父亲嚷嚷，不应该让那么小的孩子喝那么甜的饮料。父亲会耸耸肩，说是厂商送的。俞海心出生前几年，父亲在饮料加工厂跑业务，母亲则已经有了正在进行的创业项目，俞海心出生后，母亲不愿意放掉自己的事业，加上公司的收入已经高于父亲，只好让父亲辞去工作，把公司交给父亲管理，不过有几家曾受父亲照顾的厂商，逢年过节还是会寄来一箱一箱铝箔包装的饮料。父亲是寡言的，但偶尔，他会忍不住跟俞海心说，要不是你那个大舅舅，我们可以住更大的房子。

父亲没有来参加大舅舅的婚礼，婚礼前几天他临时说要出差。俞海心没有戳破他的借口。

婚礼的场合有点俗气，在郊区的一间热炒店里，亮红色的圆桌铺上粉红色、薄薄的类似塑料袋触感的半透明桌垫，俞海心几乎可以想见，待餐宴结束后这会被拿来包裹还留在桌上的不受欢迎的杂物。庆祝的人们各自坐在几十张生锈的铁椅上，有些椅子甚至站不稳，像那些祝福的话。每一张喜桌上都有无聊但必要的小菜，装小菜的白色塑料盘边上有一些斑驳的花纹，凹槽处大概也已经被菜瓜布来回洗过千百次了，有明显重复的米褐色刮痕。

俞海心的母亲叶智芬是叶家的长女，叶家一共五个兄弟姐妹，长女、二女、三女、四子、么子，大舅舅叶智荣是四子。母亲特别交代俞海心，要好好照顾叶有慧："她也是你表妹。"母亲的原话里用了"也是"。虽然在那张婚礼邀请卡送到他们家之前，俞海心从未听过这个名字。原来大舅舅年轻时曾有过孩子。

"海心姐姐，"叶有慧的声音取代了俞海心脑中大舅舅的脸，"红酒应该要配干酪片的，你知道吗？"叶有慧小巧的脸蛋上有精致的妆容，笑起来甜甜的，是一个漂亮的女孩，却看不进她的眼睛。俞海心看着叶有慧手里握着的透明塑料杯，里面装着三分之一容量的深红色红酒，前面的桃红色转盘上是炸蚵仔和虾米炒青菜，热炒的油腻味扑鼻而来，红酒和干酪的话题和叶有慧一样格格不入。

"噢，我知道。"俞海心笑盈盈地回应。她不想拆穿叶有慧，红酒跟干酪并没有应该要搭配在一起。没有食物应该如何，都是每个人最喜欢、最习惯，或是最向往的味道而已。想象的边界是实际生命经验与其社会位置。这是直接的。人的锐利常常来自无知，柔软的人的内心也未必比较宽广。柔软只是伤口生的茧。

"也对，你们应该很常去高级餐厅，高级餐厅都是这样搭配的。"叶有慧继续说，"这里少了干酪片，但食物还是很好吃。"俞海心有点分不清楚叶有慧的意思是可惜还是赞美，但她没有收起笑容。

"你见过其他阿姨吗？"俞海心边说边指着不远处那桌的几个女人，"啊，你应该要喊姑姑。瘦瘦高高的那个是二姑姑，她刚从美国回来，比较矮的是小姑姑，她人很好，她们旁边坐的女生是你的婶婶，婶婶旁边是叔叔。"叶有慧认出二姑姑和小姑姑，几年前她还在面包店打工时她们来看过她。

"叶家的人好多。"叶有慧跟随俞海心的视线，口里含着把自己列在叶家之外的语气。

"但我们这一辈比较少，加上你只有四个人。"俞海心看向旁边的俞海晏，"这是我妹，你还有一个表妹，叫叶有昀，不过她会晚一点到，她今天要补习。"俞海晏留着短发，低头滑着手机。俞海心用手肘碰了俞海晏一下，俞海晏抬起头，双眼虽然对上叶有慧，但眼神有点飘忽，她觉得很尴尬。"你好。"俞海晏说。"你好。"叶有慧说，然后自己先移开视线，随意地夹了一口菜。她已经懂得避开尴尬的技巧。就算流着一样的血液，这里的一切都仍然疏离。

叶有慧转头看向前台的叶智荣，他终于穿上一套新的西装。叶有慧从远处就知道这套西装绝对没有毛球与霉味，站在一旁的新娘脸上堆着幸福而陌生的笑容。有些生命的参与是从伤口开始，而有些则是从祝福开始。

婚礼结束后，叶智荣会回到他生活的地方，那里长什么样子呢，新娘会怎么看待自己呢？当这些困惑不带好奇，并显示着彼此漫长而毫无交集的人生，叶有慧觉得自己能给的祝福可有可无。

"邀请卡怎么会有两封，大舅多拿来的哦？"

几个月前俞海心不经意一问，才知道那并不是多的，它有要面对的对象。母亲叶智芬给了俞海心一个地址，请她帮忙拿去寄，说是要给一个跟她年龄相仿的表妹，二十三岁，只晚她几个月出生。俞海心从来不知道这个表妹的存在，母亲说起这个表妹的时候，口吻很温柔。尽管怜悯跟温柔的界线太模糊，有时候甚至是同一件事。

地址在台北。

俞海心在台北念了四年大学，也在台北失了恋，那是一个五味杂陈的城市。到现在毕业一段时间了，她还是惯性地会在社群页面的搜索栏打上"杨思之"几个字，有意无意地浏览这个人的近况。俞海心只见过她一次，当时她把自己在用的吸尘器卖给对方，几乎是终于才找到的机会，去看一看学长说的很好的女生到底有多好。虽然学长并没有跟杨思之在一起，但是俞海心跟学长分手了。介意是个顽固的家伙，出现之后就难以赶走。例如当俞海心看见杨思之前几天去了一间叫作艾丽斯咖啡的咖啡厅，贴文上面写着"听说红心皇后的草莓蛋糕是招牌，如传说中的甜而不腻，必须尝尝。谢谢我的红心国王，艾丽斯咖啡总有奇遇♥"时，她躺在床上噘了噘嘴，露出不以为然的表情，然后当她看到那则贴文下面有人留言："我觉得太甜，而且内馅很干，很难吃。"俞海心难掩心里的一股快感。

她决定要去一趟台北。

反正我可以顺便直接把邀请卡投递到地址上叶有慧的信箱，俞海心想着。情绪里的念头往往会相互作用，稳固自己想要去做某件事的理由。人有了理由，就能更轻易地说服自己。

　　然而，如果没有这些开始，俞海心就不会在台北晃了一圈后，在晚上十点多的小街区里，看见一个女子跟一个穿着花衬衫的男子在防火巷里热烈地亲吻，女子几乎要站不稳，男子则粗暴地把手伸进女子的衣服里。俞海心快速地把邀请卡投递进公寓一楼的铁制信箱。两人距离巷口不远，巷口有被脱掉的高跟鞋跟一顶刚刚才从男子头顶落下的棕橘色渔夫帽，喘息声几乎就在耳边，她对台北的印象又差了一点。然后她听见男子低喊了一声："叶有慧，你好……"她没有听完。是那个信封上的名字。她睁大眼睛，头也不回地跨步离开。

　　秘密的现场总是不宜久留。

　　就像很多年前的那个晚上。

　　"姐，其实我有看到那个阿姨。"俞海晏用生硬的口吻，说了一句听起来像是忍了很久，终于才说出的无法被包装的实话。那是凌晨十二点半，俞海晏敲了她的房门。俞海心坐起身，眼神迷茫地看着俞海晏。她一直都知道，父亲在俞海晏心里的形象是很好的，一个踏实刻苦的好男人。俞海晏继续说："我们要怎么办？"她微微偏了偏头。

"什么怎么办？"俞海心的话接得很快，她不想要有太多空白。还好俞海晏没有伸手去打开房间的灯。

"要跟爸爸说吗？"俞海晏低下头，"是不是要告诉他我们知道了，他不应该这样。"她的手还扶在门把上。俞海心这时才发现俞海晏并没有走进来。

十七岁的女孩可以决定什么呢？俞海心说："不要。"可能只能决定这种小事。"为什么？"俞海晏问。俞海心伸手拨了拨自己脸颊旁的头发："没有一个父亲会在孩子面前承认这种事。那太羞愧了。"她说，然后下意识地拉起被子裹着自己。她不确定俞海晏听不听得懂。

"所以我们要装作什么都不知道？"俞海晏又问了一句。

"嗯。"俞海心点点头，"他太爱我们了。"她边说，边将目光从俞海晏身上移开："还是保护一下爸爸的自尊心吧。"黑暗中俞海心感觉到自己刻意模仿大人的口吻。越不知所措，越要假装自己都能应付，才不会被发现混乱的内心，无法作为另一个人的依靠。俞海晏放在门把上的手缓缓垂放下来，深呼吸一口气："什么是自尊心？"

"一个人心里藏有秘密的地方。"俞海心说，"自尊是秘密发芽的地方，像你上学期自然课种的绿豆啊。"然后她抖了抖身上的被子，热气从脚尖流出去，温暖跟着走了。

"可是我的绿豆后来发霉，被妈妈丢掉了。"俞海晏说。

"我不知道自尊心丢不丢得掉。"俞海心说。"你早点睡。"然后躺下身子，"帮我把门关好，不然晚上它会嘎嘎叫我睡不着。"十七岁的她还不想在成长的时候学会认清，有些改变就是失去。她感觉到自己的心空了一块，闭上双眼时，像是在荒凉草原的一株小草，风怎么吹，她怎么倒。

也比如爱。

爱在某些睁开双眼的时刻仍烟消云散，是因为它不敢眨眼。有些事情，它不敢看。

俞海心很早就不敢看了。在那晚俞海晏来敲她的房门以前，俞海心已经听闻过父亲与那个女人的事情。某个周末结束后，曾跟她一起担任家长会小帮手的女同学跑来跟她说："欸，海心，我上周去淡水玩的时候好像看到你爸了，但我没跟他打招呼，因为有点奇怪，反正他应该也不记得我。"

"我爸?"俞海心愣了愣,父亲周末确实不在家,母亲说他出差去了,是不是去台北她不确定,"他应该是去出差。"俞海心露出淡淡的笑容。

"出差?"这次换女同学愣了愣,"那可能是我看错了。"她说。

"什么意思呀?"俞海心想要追问。但女同学似乎没有想要继续说下去,她只是耸耸肩:"仔细想想,也不太像,因为那个人跟一个阿姨走在一起,那阿姨也不像你妈,应该是我看错啦。"女同学伸出手,轻轻地拍了拍俞海心的手背。每一件小事都是端倪,好的或坏的,人的心里有着自己意想不到的动能,能够予以端倪蔓生滋长的养分,去长成一件大事。

三个月后,父亲搬出去住了。那年俞海心准备进入高三下学期,需要考指考[1]的她以课业来回避。母亲

---

1. 即指定考试科目,中国台湾高中生的第二次能力测验,在七月实施测验。

对此有好几种说法，俞海心知道，自己从未获得最真实的版本。

父亲和母亲一直都少有剧烈的争执，父亲搬出去之前，已经与母亲有长达好几个月的冷战。那天半夜俞海心被奇怪的呻吟声吵醒，但她没有走下床，只是睁着眼睛躺在床上。俞海心的心里隐隐不安。隔天晚上，母亲叮嘱她要早点回家，晚餐后母亲切了一大盘水果，都是大家爱吃的，草莓、香瓜、水梨、小西红柿，并且拿出过年时在年货大街上买到的一组家用金属水果叉，每支叉子的末端都有一颗一样的小小的菠萝造型装饰。母亲把水果叉分给每一个人，父亲想要徒手直接拿几颗小西红柿，母亲硬是将小叉子递到他手里，说："注意卫生。"

这是异状，平日里父亲吃水果都是徒手拿取，况且已经四月了，水果的季节、所有的时机都不对劲。俞海心静静地嚼着水梨，让水梨清脆的声音稍微转移自己的注意力。妹妹俞海晏倒是一如往常大口地吃着最爱的香瓜。母亲自然地说："海晏大概会希望每个月都是四月，四月是香瓜的季节。"小学六年级的俞海晏面无表情，带一点叛逆，她不希望母亲用这种宠溺的口吻对她说话，她已经十二岁了。母亲似乎有所感觉，本来要伸手去碰触俞海晏的手稍微地缩了回来，然后淡淡地说："我们等等来开家庭会议吧。"脸上是一抹故作平静的笑容。

那天晚上母亲轻描淡写地告诉大家，父亲因为工作的关系，要到南部生活一年，这一年他会很少回家。父亲没有说话，直到俞海晏问了那句："那我们可以去看你吗？"父亲才提起表情说："不用担心，我会回来看你们。"言下之意是，我们不能去看他。父亲过多的沉默是一种隐藏，而这种隐藏让事实更为浮出。俞海心看着每个人都拿着一样的水果叉，她的呼吸平缓，一脸事不关己的表情，她知道那是母亲最后的挣扎，同一个屋檐下的人，必须带着同一个版本的对家的责任和想象吗？俞海心又拿了一片水梨，今天的她不想吃其他没有声音的水果。

父亲离家后，母亲去烫了一头超级卷发，倒也没有想象中无措，每天似乎都找得到事情可以忙，只是她更常站在小花圃讲电话了。俞海心可以从母亲的表情、语气或对话内容猜测，对方是大舅舅、小舅舅，还是两个阿姨。比如有一次她听见母亲问着："他好像喜欢西城男孩，西城男孩最近在你们那里是不是很红啊？"电话那头应该就是在美国生活的大阿姨叶智敏。虽然俞海心并不知道为什么母亲要问起西城男孩，那天睡前母亲经过她房门时甚至停下来问她："现在年轻人都喜欢西城男孩吗？"俞海心耸耸肩没有回应，母亲没有追问。俞海心也没有多疑母亲口中的"他"是谁，大概只是某个朋友的孩子。

来年，二〇〇八年，世界上发生了巨大的金融海啸，十九岁的俞海心并未特别感觉到差异，只知道父亲回来了，母亲仍会一个人站在小花圃，就算没有和任何人通话，也不会进到房子里。父亲仍然会坐在客厅看电视，也仍然不喜欢大舅舅叶智荣。所有都照旧的时候，就像在掩盖某些已经改变了的事。

　　从刚刚开始叶有慧时不时就会看向手机。

　　"还好吗？"俞海心注意到了。叶有慧只是露出礼貌的笑容。手机里的消息写着："她吃坏肚子，送急诊。"

　　台上的投影幕放着一些新郎和新娘年轻时的照片，照片的画质普遍不高。主持人在台上说新郎和新娘是天生一对："我们恭喜这对新人！"叶有慧看着他们，觉得他们一点也不新。投影幕上的照片里，叶智荣意气风发的表情散在还未显老态的脸蛋上。那比较像是新人的模样。是什么让一个人有了变旧的感觉呢？

　　叶有慧又低头看了一眼手机里的消息，她点开，但是没有回复。俞海心朝她空着一半的塑料杯里倒进柳橙汁，像是在稀释关心的氛围。"别紧张。"她说，不想让叶有慧有太大的压力。叶有慧的心抽了一下，眼神有点飘移，她犹豫着该给女人什么样的称谓，最后只说出："一直以来照顾我的人生病了。"

接着换俞海心变得紧张。"很严重吗？"她问。

叶有慧说："没关系，我可以晚一点过去。"婚礼的菜品才上了一半。她甚至还没有习惯这件定制洋装穿在身上的感觉。

"那是更重要的人。"俞海心故作一心二用地转着眼前的菜盘，让这些话只是普通的话，"你随时可以先走。"她说。叶有慧再次露出礼貌的笑容。

见过一次但仍然认不出来的二姑姑和小姑姑，轮流过来跟叶有慧打招呼，智芬姑姑倒是没有过来，她忙上忙下的，叶有慧意识到叶家的大家长除了坐在主桌的叶爷爷以外，就是智芬姑姑了。不知道叶奶奶还在吗。这不是她会想探究的事。

一会儿后，叶有慧找了智芬姑姑去厕所的空当，上前告诉她，自己有急事可能得先走了。智芬姑姑本来差一点要说出，什么急事会重要于你爸的婚礼，大家难得聚在一起。但是她想起今天没有出席的出轨丈夫，其实她心底知道，自己拼命地想要让某一件事情圆满，是因为她需要"我还能对圆满有所掌握"的确认感。

"好。"智芬姑姑轻轻呼吸了一口气后，从手提的小包中拿出一个长夹，把里面的三千元递给叶有慧，叶有慧不确定自己是否要收下，她不懂智芬姑姑的意思。"你拿着。"智芬姑姑说，"刚刚应该没吃饱，晚点找你喜欢的餐厅好好吃个饭。"然后拍了拍叶有慧的手背，缓缓地说："回去小心。"

叶有慧原本要直接去医院，赶去的路上手机里再次收到男人的消息，说是女人没有大碍，先带她回家休息了。叶有慧到家时，女人半躺在沙发上，男人在小餐桌上留下字条，说要出去买东西。她看着字条旁冷掉的食物，鼻子前飘着微微发酸的味道。

也许那场婚礼并不需要她，不过叶有慧意识到，自己需要那场婚礼。婚礼才能够把她带到事实面前——每个人早就有着截然不同的人生。我在痛苦的是什么呢？如果要的从来不是补偿，那就是希望从来没有这些裂痕吧。或是，如果避不开这些裂痕，也希望有人能理解它。痛苦不会因为被理解而消失，但是人啊，好像就能因此有了一点点力量去试着伸出手，反抓住它，把它放在可以被整理的地方。

而若没有人前来理解，大概只能自己去打开和擦拭。她走进厨房，打开冰箱，冰箱被塞得很满，食物看起来几乎都过期了，但也放不进任何新的食材。就和她的冰箱一样。

叶有慧伸手摸了摸口袋里的钞票。

三千元就能好好吃饭了吗？

08

冰箱里
的
十五年

当我往前走，

我会在心里为你留一个位置。

"不知道一九八九年的阳光跟二〇一四年的阳光，有没有哪里不一样？"叶智芬站在家门前的小花圃，一手扶在腰上，一手拿着电话，带点半开玩笑的口吻对着电话那头的叶智荣说道。叶智芬听见电话那头轻微的吐气声，叶智荣正在抽烟。叶智芬看着远方缓缓落下的夕阳，又说了一句："时间过得好快呀，海心都二十五岁了。"叶智荣仍没有说话。"有慧也是。"叶智芬说。

叶智荣皱着眉。人们有时候会以为解决了事情，情绪就会一起被解决。"美如不应该生下她的。"叶智荣说。他心里想着，现任妻子范晓萍怀孕六个多月了，如果不能给孩子一个安稳的家，孩子真的应该生下来吗？当初的他们是不是太鲁莽了？

叶智芬深呼吸了一口气："美如记得你说过的，要给孩子命名为慧，智慧的慧。她会找到自己的出路的，你也是。"叶家这一辈的名字字辈是"有"。叶智荣吐了一团白烟。智能比知识更难获得，这是李美如想将女儿命名为"慧"的原因，她希望自己的孩子有慧。

"阿荣，"叶智芬的口吻惋惜，"你是我们家最努力的孩子啊。"

叶智荣确实是家里最努力的孩子，小时候的半夜，只有他跟叶智敏会一起点着灯，趴在书桌前温习功课。只因为父亲说，知识可以改变命运。可惜他不是读书的料，后来家里只有叶智敏考上大学，叶智荣跟其他的兄弟姐妹一样去念了五专。念五专时他认识了李美如。

刚满十八岁的时候，一群五专的朋友要搭火车去别的县市玩，大家约了早上八点。李美如跟叶智荣说，我们约七点半吧，想跟你吃早餐。事实上三十分钟也无法好好地吃一顿早餐，他们俩随意地在火车站旁的卡车摊贩买了白粥和饭团，然后李美如从钱包里拿出一小沓纸钞，递给叶智荣。"我的钱放你那里好不好？"她说。叶智荣没有马上接过，"为什么？"李美如耸耸肩，"付钱的时候你一起付，比较方便嘛。"然后撒娇地吐了吐舌头。

叶智荣听着觉得有道理，便伸手要去掏自己的钱包，不过还没拿出来，就忽然像是想到什么似的板起脸孔："她们的男朋友是不是都在工作了？"李美如转了一圈眼珠子，点点头。

"所以大家都是男友付钱？"叶智荣继续问。

"我不确定。"

"你是怕我没面子吗？"

"哪有？"李美如别过头。她确实是想帮叶智荣做面子，但不是因为害怕，而是觉得，也许叶智荣需要。那是一个直觉。李美如皱起眉头，再次打开自己的钱包，准备将钱放回去："不要就算了。"

叶智荣盯着李美如手上的钞票，犹豫了几秒钟：

"给我吧。"

李美如嘟着嘴，把钱又递了过去："男人真的很无聊。"

叶智荣接过钞票。他没有意识到自己很在乎"身为男性应该如何"的形象。保护这种形象就像在保护自尊。所以叶智荣当然不曾探问，为什么自己会有"这个世界就是这样"的认知。有时候为了安安稳稳而保有自尊地活，就像在湍急的溪水中用力抓住一枝树枝，不敢将脚伸直，试着发现其实溪水很浅，或是其实，没有了树枝，反而才能学会更多游泳的方式。那几张钞票所加深的"身为男性的我应该如何"的意念，在未来叶智荣并没有符合这样的自我期待时，变成了他脱不下的那套高级定制西装。

几个月后，李美如无预警怀孕，为了表示责任感，叶智荣毫不犹豫地说出："我们结婚吧。"那是一九八八年，他刚满十八岁，那年五月之后，人们的口里都在唱张雨生的《我的未来不是梦》。母亲知道后，塞了十万给叶智荣，说是自己的私房钱，父亲不会认这个媳妇的，你带着钱走吧。叶智荣跟李美如搬到台北的郊区，台北机会比较多，叶智荣说："我会给你更好的生活，我保证。"

不过孩子还没出生，叶智荣就已经跟李美如吵得不可开交。

那是个炎热的夏天，租屋处的冷气坏了，好不容易找来一个收费比较便宜的师傅，师傅看他们是年轻小夫妻，太太挺着大肚子，两个人挤在一间旧公寓二楼的小套房里，随口说了一句："你老婆跟着你很辛苦欸。"师傅的嘴里嚼着槟榔。李美如在师傅一进门时，闻到浓浓的烟味混杂着槟榔味就往楼下跑，站在公寓门口吐了一地，没有听到这句话。

"是暂时的。"叶智荣语调冷淡。他的皮夹不厚，但是脸皮更薄。所以那天下午叶智荣跟李美如抱怨着师傅的闲言闲语时，难掩内心的焦躁。李美如只觉得他纠结在一些不重要的地方："为什么要这么在意一个修冷气师傅的脸色？你会再遇到他吗？"

"那是因为他不会这样看你！"叶智荣克制不住情绪地吼了一句。李美如因为加上孕期的不适感，眼泪开始噼里啪啦地掉。她静静地开始收拾衣物，作势要搬离这里。这是第一次。

叶智荣比李美如更早打开小公寓的门，他下楼去抽烟，想着李美如为什么不能理解自己的同时，又希望能让李美如消气。然后他在附近的街坊发现一间甜点店，铁门拉下来一半，已经打烊了。叶智荣钻进去，拜托店长卖给他一份甜点，随便什么都好。"只剩下蓝纹干酪蛋糕。"店长说。叶智荣以为只是普通的干酪蛋糕，买了一块回去。

"这个蛋糕的味道好奇怪噢。"后来李美如说，"但是我会吃完的，因为是你珍惜我的意思。"越初期的争执越容易和好，但也因为越容易和好，越容易忽略应该要真诚而严肃地沟通的事物。可惜恋人们也容易误会，每一次的问题都能像第一次一样不需要深挖。问题是一个有机体，人的心会因为活过的时间而产生皱褶，于是问题在里面繁衍出更多的问题。

在许多个蓝纹干酪蛋糕之后，有一天，叶智荣不再带回蓝纹干酪蛋糕。未完成学业的他只找得到零工性质的工作，那天打工结束后，他看见李美如的姐姐和一个陌生男子，扶着李美如在附近的小公园散步。陌生男子应该是李美如提过的准备要跟姐姐结婚的准姐夫。小公园很安静，隔着树丛，他们背对背地坐在两侧的灰色石椅上。叶智荣听到李美如的声音说着："我真的能相信他吗？我好怕养不起孩子。"

信任的腐坏是比蓝纹干酪更严重的发霉。叶智荣站起身，把所有的钱领出来，收进信封，放在小套房里的小桌子上，用蓝色的原子笔留下一行字："我答应

过的，我会证明给你看。"就离开了那个小街区。一个
多月后，叶智荣带走的钥匙已经打不开那扇门，按下
电铃后走出来的是陌生人的面孔。所有都不见了。他
再也没有李美如的消息。

　　直到两年后叶智芬告诉他，孩子找到了，但是李
美如没了。

　　"努力又没有用。"叶智荣说。他的话一直都那么
少吗？叶智芬在电话的另一头困惑着。

　　叶智芬找到叶有慧的时候，叶有慧已经两岁多了。
叶智芬希望这个消息能将叶智荣从意志消沉而混乱的
生活中拉出，叶智荣想要去看孩子，同时又不敢前往。
"我会证明给你看。"白纸黑字，他向着李美如写下的，
他还没完成。

　　叶智荣于是跟叶智芬借钱，搭上台湾电子商务兴
起的潮流，小赚了一笔，并在二〇〇五年结了第二

婚，对象是因为处理投资款项而认识的银行专员，虽然叶智荣没有什么投资天赋。可惜第二次的婚姻生活仍没有很顺利，叶智荣在结婚后才坦承自己有一个女儿，希望能把她接过来一起生活，第二任妻子极力反对，因为她想要有自己的孩子，"我身体健康，不是为了帮别人养小孩！"然后二〇〇八年，金融海啸除了把叶智荣投资的钱全数吹走，也把他的第二段婚姻吹散了。

"有钱才有用。"他又说了一句。那年若不是大姐叶智芬再次出手，以及三姐叶智琳的共同协助，恐怕连那套他最珍藏的高级定制西装都要变卖。

"也有些问题是因为有钱才出现的啊。"叶智芬说。她没有告诉叶智荣丈夫出轨的事情。她是叶智荣的后盾，后盾不能有裂缝。若有了想要支撑或保护的人，就会直觉地认为，无论如何我都不能在你面前展现我的脆弱。所以叶智芬当然也没有告诉叶智荣，网

络尚未普及的年代，叶智芬曾经请征信社跟踪自己的
丈夫。叶智芬知道自己的双脚站在这个小花圃里，看
似安然地享受单纯的日落，其实已经踩过无数羞愧的
泥土。

"但是，钱能解决更多事情。"叶智荣又吐了一口
白烟。他看着房间小窗户外极窄的小阳台上挂着的那
件定制西装。起初他不知道西装忌讳潮湿，发霉了好
几次，送洗的时候还怕费用比较贵。后来是洗衣店老
板跟他说，"先生，西装要通风才放得久啦。"从此叶
智荣都将西装挂在阳台，虽然那个小阳台的日照时间
并不多。

"钱也会生出钱不能解决的问题。"叶智芬平静地
从小花圃看向客厅，丈夫坐在客厅里看电视，像十年
前一样。她的内心有一部分感谢着金融海啸，丈夫因
此搬回家了。只是除了感谢，也同时不确定是否要感
谢。越想要佯装成若无其事的样子，越容易因为"需

要佯装"而感慨。

"你的问题不是钱，你的问题是你以为钱能解决一切。"叶智芬说，"阿荣啊，钱只能解决你的自尊心。"这个世界上，只有叶智芬会这么跟叶智荣说话。叶智荣沉默地又吸了一口烟。

"可是如果我当时有钱，这些事可能就不会发生。"他的烟一口一口地抽，像是把时间吸进去，再吐出来，看起来每一次都能够烟消云散，事实上烟的味道早已沾满那件挂在小阳台的西装。在婚礼之前，每一次去见叶有慧的时候，就算提早捻了烟，也熄灭不了这些年瘀在他身上的味道。现在婚礼已经过了两年，叶智荣常常还是会想起跟他说"往前去过你自己的人生吧"的叶有慧。人生的其中一大僵局是，回不去又不知道该怎么继续下去。

那次是叶有慧主动约了叶智荣，在婚礼后没多久，说是要拿东西给他。找不到理由见一个人的时候，就送他一个无关紧要的东西。孰轻孰重，各自有数。他们约在第一次见面的小公园里。是一个舒服的初秋，风把树叶吹得飒飒作响。叶有慧坐在浅灰色的石椅上，可能是平日中午的关系，小沙池里没有人，彩色溜滑梯也没有人。叶智荣走过来，他看见叶有慧背着小包包，旁边是之前装鸡汤的锅子，已经洗干净了，和一个食物的外带纸碗装在一个塑料袋里，应该是她的午餐。

"新婚愉快。"叶有慧一看见他后便说，"抱歉那天有事先走了。"泰然自若的语气让叶智荣有点捉摸不透。

"没关系。"叶智荣说。

"我不会再对你生气了。"叶有慧说，眼神淡淡地看着前方。

叶智荣没有说话。

"你没有为自己的错误负责。"叶有慧看了他一眼，"还不算是一个大人。"口吻不同于小时候偷原子笔时女人的反应，但是一样平静。叶智荣皱着眉，叶有慧发现无论看几次他皱眉的表情，他都是一个陌生的人。

"想要给一个人更好的生活，是一种错吗？"叶智荣在叶有慧身边坐下，看向小公园里绿油油的树叶。

"你的错是你生下我，但不要我。"但不要我。叶有慧的语气维持着淡然。

这是为什么叶有慧不能跟戴恩做爱，会不会做了他就不要她了；这是为什么她不能跟学姐说我喜欢你，会不会说了学姐就不要她了。这是为什么，叶有慧不能拥有任何一段长期关系，她害怕别人拥有她，但不要她。叶有慧原本有一颗愿意为了喜欢的人去偷原子笔的心。可是女人曾说，错误的事情会把好的心意变不见。那如果她就是错误本身呢？

如果爱不是一件错的事，为什么感受到它的存在的时候，心会酸涩地颤抖。

"我只是不想要你过跟我一样的生活。"叶智荣说。

"你也是那个溜滑梯啊。"叶有慧看了叶智荣一眼，再看向那个彩色溜滑梯，"你知道吗？我一直很想知道，那个我没有经历过的人生里的我，是不是比较快乐。但是我永远都不会知道，所以我很痛苦。"还好是初秋，叶有慧心里想着，身子不黏腻，微微的风吹过他们之间的时候，有些东西可以因此被舍下。叶智荣也盯着彩色溜滑梯。

"你吃饭了吗？"叶有慧问。

叶智荣摇摇头。

"这个给你。"叶有慧边说边将身旁的袋子递给叶智荣，"这是奶油熏鲑鱼意大利面。"叶智荣接过袋子，叶有慧把洗好的锅子往叶智荣的方向推，"不用再给我鸡汤了。"

当我往前走，我会在心里为你留一个位置。

叶有慧没有说出口。无关乎你会不会，这是我决定的事。因为时间过去了，我和你身上都已经有了不同的人生。生命如此拥挤，只能活出一种选择，爱却如此宽广，让人的尖锐和柔软都有了去处。如果深陷其中，一定是不小心而已。

这次的谈话里没有任何关于死亡的句子。但是叶智荣想不透，为什么谈论活着而不能快乐的原因，竟比死亡更悲伤，心却会热热的。是因为分开后，叶有慧传来的那封短信吗——"往前去过你自己的人生吧。"

见过叶智荣后，叶有慧也约了智芬姑姑。她把三千元装在一个信封袋里。"智芬姑姑，"叶有慧第一次真心地喊出了"姑姑"两个字，"谢谢你，但是太多了。"就像她的冰箱。原来衣柜不是她该关注的隐喻，而是冰箱。冰箱才是叶有慧的心。有些东西忘了是谁放进去的，但是如果要清理，就要自己拿出来。冰箱里也没有永远。

跟他们道别的时候，叶有慧都有意识地摸着自己的胸口，深呼吸的时候会有起伏。像小时候摸着自己的腹部。长大真的闷闷痛痛的。

"下好多天的雨了，今天终于出太阳了。"女人边说边打开顶楼厚重的铁门，手里拿着一篮衣物，叶有慧提着一篮被单和床单跟在后面。

"小时候你就很喜欢太阳的味道。"女人补充。

"我有吗？"叶有慧板着脸，"太阳其实没有味道欸。"

顶楼有些凌乱，这栋公寓的人们都会上来晒衣服，不过因为前阵子都在下雨，现在没有别人家的衣物，晒衣杆也被收起来了。女人放下手中的篮子，走向角落去拿晒衣杆，一边说："被子晒过之后不是会有一种热热的味道吗？"

叶有慧也自然地放下手上的篮子，走上前去协助女人将晒衣杆架起来。"那是尘螨晒到太阳被烧焦的味道。"她说。

"是哦？"女人挑了挑眉，"那尘螨就死掉了欸。"叶有慧露出淡淡的笑容，没有再答话。两个人各自晒起篮子里的衣物。其实雨一定会再来的，但是趁晴朗的天气把这些晒干、整理也不算白费。像是理解了某种永恒，于是对于曝晒的过程不厌其烦。

忽然女人听到嗞嗞的声响从叶有慧的口袋传来。"你电话响了。"她说。叶有慧正把手上的一大片被单挂上晒衣杆。她将手伸进口袋，然后接起电话："喂？"没有停止手边的动作。"今天晚上吗？噢，我没办法欸。"叶有慧一手握着手机，一手拉着被单，试图单手将被单拉得整齐。"我要跟我妈吃晚餐。"她说。

女人原本拿着衣架的手没有悬在空中太久。她听到了，她想保持镇定。她站在晒衣杆的另外一侧，看了叶有慧一眼。叶有慧也看向她，做了一个"过来"的手势，然后指了指叠在一起拉不开的湿被单，她用唇型带着气音说："帮我拉一下。"

女人没有点头，只是自然地伸手去拉住被单的另外一角。一人一边，两人一起施力，发皱的被单仍然湿润有皱褶，但也终于摊开，在舒服的阳光下晒着。

09

可能
　　我还是
会伤心

"那要不要交换？"

"不要。"

一月初的台湾，气温稳定地维持在二十摄氏度左右。可以吃冰激凌。

叶有慧站在浴室的镜子前，认真化着妆。她的手机里没有播放任何音乐，安静的时刻能够听见自己的心跳声，成了新的安全感。静谧的冬末已经藏着开始。

衣柜里那些高级的纸袋都不见了，昂贵衣服与廉价衣服挂在一起，没有标价的时候它们就没有界限。有几件原本在纸袋里的已经离开她的房间。几周前，叶有慧把不适合自己的几乎不会穿到的款式拿去市区的公益基金会捐掉。基金会的人问她："小姐，这个都没剪牌呢，你是不是拿错了？"叶有慧露出真诚的笑容："没有拿错，我真的不需要了。"

除了衣柜，小客厅明显被整理过，多出好几个大大小小的纸箱，里面放着杂物，所以当噜噜米的吐司机跳起吐司时，叶有慧能快速地小跑步到厨房，虽然需要稍微绕过纸箱，但脚下不会再踩上任何杂物。新生活不一定会更好，也不一定真的存在，可能只是从某一个视角观看自己的人生时会比以前清楚一点点。清楚的路确实需要费一点力。现在叶有慧的冰箱里除了一罐果酱和喝到一半的牛奶之外，没有任何食物。也没有高级奶油。

上个星期，叶有慧收到俞海心传来的短信，说想要约她。叶有慧没有拒绝，她对俞海心的印象打从一开始就很好，尽管她们在网络的社群上并不是好友关系。

在这个虚实交杂的世界里，好友、亲人，好像都不是。没有人主动问对方：欸，要不要加一下好友。大概彼此心底都清楚，她们是不同世界的人。如果她们看到了在社群上的彼此，也许此刻就无法有这样的亲近感。

比如，叶有慧并不知道俞海心前几天才刚去吃了一家下午茶店，所以能自在地跟她约在自己选的咖啡店，她一见到俞海心时，那句："嗨，海心姐姐！"单纯而毫无芥蒂。她无需刻意避开或创造某种重叠去证明自己是谁。

她们坐在窗边的位置。这是近十年前，女人将生父生母的名字写在便条纸上，放进叶有慧的书包的那个下午，她们坐的位置。咖啡店还在这里，喜欢吃手工冰激凌的人也还在这里，虽然没有人知道是不是同一批人。叶有慧也不是同一个她了。

"你推荐什么？"俞海心问叶有慧。

"香草冰激凌。"叶有慧说。这是最普通的冰激凌。

"那……"俞海心想了想，"我喜欢薄荷，我选薄荷巧克力好了，然后再一球香草。"叶有慧说："我要两球香草的。"

坐下后，俞海心的第一句话是："欸，那个婚礼的邀请卡其实是我直接丢到你的信箱的。"口吻跟"我喜欢薄荷"一样自然。叶有慧愣了愣,她一直都没有去注意邀请卡有没有邮戳。有些细节会被放在心里,有些会被时间代谢掉。俞海心没有再说更多了。这次她想保护的不是谁的自尊心,而是一段虽然不会再更深,但也舍不得出现伤口的关系。有些关系大概就是因为太浅了,才不会有深刻的伤口吧。

"你去过那里呀。"叶有慧有点害臊。那是一条凌乱的巷子。

俞海心点点头:"我以为邀请卡是多出来的,但不是。"所以你也不是多出来的哦。这句肉麻的话俞海心没有说,她眼神真挚地看着叶有慧。叶有慧稍微地避开俞海心的眼神,挖了一口冰激凌。

"海心姐姐,你想要成为什么样的人啊?"她问。

"嗯……这个我要想一想。"俞海心说,"你呢?"

"不知道。"叶有慧耸耸肩,"我也还在想。"冰激凌在她的嘴巴里融化。"我妈很喜欢吃这家的手工冰激凌。"叶有慧说。

"你的妈妈叫什么名字呀?"俞海心问。

"李美珍。"

"好美的名字。"俞海心说。

叶有慧的嘴角漾起淡淡的笑容,又吃了一口。

"咦,这个冰激凌有草莓牙膏的味道。"然后忽然
露出故作严肃的表情。

"那要不要交换?"俞海心说。

"不要。"叶有慧摇摇头,低头再挖了一口冰激凌
放进嘴里。

吃到跟想象中不一样的味道。

可能我还是会伤心,但是我不要跟别人交换。

应该往前走 这不是谁的错

当时的记忆 我都没忘记

日记里是你 梦境里也是你

遥远却熟悉 那背影应该是你

你就快乐地飞吧

你就安心地走吧

反正说过的不虚假

反正没说的都没差

你就无畏地哭吧

你就大胆地活吧

天塌下来不替你扛

因为你有你的向往

我有我的倔强

曾热爱奔驰曾无法被驯服

破洞的毛衣缝补过的痕迹

幼稚的话题百分之百真心

所以不问你为何直接放弃

      ——拥有但不属于

后　记

二〇一五年八月，跟Spring 和副总编辑微宣签完我的第一份出版合约后没多久，我们约在一个咖啡厅讨论第一本书的书稿。那时候Spring 问我，"你有想成为什么样的作者吗？"我大言不惭地说，"嗯……张爱玲吧。"她问我为什么，我说，"因为她写的东西是文学。"Spring 和微宣又问我，"那你觉得什么是文学？"我说不出来，然后我们三个就坐在那里讨论什么是文学，讨论了一个晚上。

实际聊了什么我已经忘记了，只记得离开时她们告诉我，也许文学没有我们想象得那么明确，也许无形之间，我们每个人就都写出了文学作品。我听不懂，只感觉到自己一心想要挤进那两个字，好像那样才符合能够出书、能够成为像张爱玲这样的作者的标准。当时小小的我才刚满二十三岁。

后来，有长长一阵子我很容易遇到评议，多数是在说，这种文字也能畅销，这根本不是文学，诸如此类。可能是为了淡化被评议的感觉，我转而想着，好呗，也许我写的真的不是（毕竟我确实没有文学院的求学背景），那什么才是文学啊。我不知道。一边困惑也一边一直走在"继续写着下一本书"的路上。去年某天，Spring 传给我一个王小棣老师在谈 IP 转换的采访，小棣老师在采访中说道："作家下笔自由，文本的想象也相对丰富。但把文字转化成视觉，要怎么拍，考虑层面就复杂许多。本来文字与影像这两条路上，我们彼此相望，会有不一样的视角，若为了影视而影响作家，反而限缩了他的视角，那就太可惜了。让作家写好他的书，是更重要的事。"小楪老师呼吁年轻作家："不管用什么方式创作，请真的往文学最高点去努力与追求，不要趋附流俗。"

这是多年后我才又被"文学"两个字勾住。这些年总觉得，文学是一个精致的甜点店，而我是坐在门口吃卤味（小辣）的小女生。小楪老师的这席话给了迫切地想要拥有影视化机会的我重要提点，我不知道文学的最高点是什么，只知道在写的时候，我下笔时必须以我有感的故事为最优先，我写出的句子必须是自己最最喜欢的。那是我每一日、每一日创作的制高点。

其实后来我的内心会害怕刻意地把"文学"两个字拉出来大声定义的人，每个人提出的观点都是憧憬，就和五六年前那天晚上的我一样。我害怕文学太崇高，不可亵渎，因为我不是那样的人。每当我的文字可能因为深度或广度不够而被评议时，我总会想，无论如何我还是只能写出那个阶段的我能写的、想写的东西吧。我可以被讨论，但我不能欺骗自己。而当所有人都想要有所不同时，刻意的独特是不是也等于媚俗了呢？我不知道。

今天在开会时，我们讨论着二〇〇〇到二〇二〇这二十年间大家的共同记忆，我忽然间想起自己景仰张爱玲的原因，比起我并没有真实体会过的悲凉，或是我仍无法定义的文学性，最根本的是因为，她的文字伏贴着她活过的时代。当我诚实地写我能写、想写的事物时，原来我也慢慢地成为了自己向往的写作者了吗？看着会议里简单的简报，我的心无比悸动。当然，我和爱玲姐姐还差很远很远，所以我也不以她作为和自己的比较，而是一种叮咛，我也要写我活过的时间和场域，也因此，我不会成为她，我会成为张西。我就是张西。

于是很高兴，《叶有慧》从一个简单又复杂的问题"我是谁"开始探问，这是无论我们的父母是谁，都会

踏上的旅程，进而对于自己的人际、喜欢的心意或只
是去过的地方进行抚摸，无形间就摸到了时代里一部
分细小的纹理。我知道这还不是最好的故事，但是我
想，我永远也不会写出最好的故事，所以我只要求自
己，每一次比上一次再更努力一点点、更进步一点点，
小小的我大概只能以此珍惜手心里握着的幸福和幸运
了。

　　最后，这本书有着很多亲人和好朋友的陪伴，谢谢
许多朋友常常在半夜被我打扰，每次卡住的时候，是
他们做我的小桌灯。这本书也集结了许多人的智能和
心血，谢谢二次合作的庄谨铭设计师，让《叶有慧》
有了更明确的视觉想象，也谢谢整个三采出版社这些
年一直是这么疼爱着莽撞任性的我，这本书中间曾经
打掉重练，有过无数次写稿溺水期，团队们都不厌其
烦地和我讨论，陪着我厘清盲点并给予我具体的重要
提点。

尤其感谢去年年底身份转为经纪人的Spring、这一次新合作的副总编辑晓雯，以及团队里令人安心的小单和细心的Darcy。他们每一个人都比我还要资深和专业，谢谢是这样的团队做我的后盾，让我能保有创作中最大的快乐与自由，同时让我有能量承受其中巨大的孤独。

这是我的第二本长篇小说，在写的时候一直想起自己在成长历程中经常冒出的念头："好想要有慧，就算只有像一片叶子那么小也好。"所以，想将这本书献给我亲爱的三个妹妹，相信我们成长时有所重叠的部分，都有着有慧的瞬间。有慧不一定就能拥有无瑕的人生，但是没关系，生命累积出有瑕疵的彼此，那是我爱你的样子。

可能是这样吧，当懂得对着混沌的世界指认自己害怕直视的事情时，也就直视了伤口和幸福，它们掺杂在一起。我想要这么活着，我想要体会无法分割的它们，所以我会继续这么写着，继续指认，继续把我那颗浅浅的心浸泡在深深的人群里，让各种感受有机地发生。因为现在的我相信，用心活着就参与了文化和时代，用心写下活过的感觉就参与了文学。现在的我喜欢这么活着。

写于《叶有慧》新书会议之后

张西

2021.03

图书在版编目（ＣＩＰ）数据

叶有慧 / 张西著. -- 北京 : 中国友谊出版公司,
2022.4

ISBN 978-7-5057-5410-2

I. ①叶… II. ①张… III. ①中篇小说－中国－当代
IV. ①I247.5

中国版本图书馆CIP数据核字（2022）第025382号

书名	叶有慧
作者	张　西
出版	中国友谊出版公司
发行	中国友谊出版公司
经销	新华书店
印刷	文畅阁印刷有限公司
规格	787×1094毫米　32开
	7.5印张　70千字
版次	2022年6月第1版
印次	2022年6月第1次印刷
书号	ISBN 978-7-5057-5410-2
定价	52.00元
地址	北京市朝阳区西坝河南里17号楼
邮编	100028
电话	（010）64678009